SENRYU bunpou ryoku

よい句をつくるための

川柳文法力

せんりゅうぶんぽうりょく

江畑哲男
Ebata Tetsuo

新葉館出版

よい句をつくるための川柳文法力 ■ 目次

比喩をマスターする 047

第二章 知らないと損をする川柳の超テクニック
——句の止め方・リズム・文字表記 089

第二章　文法的視点から川柳力を底上げする方法　155

よい句をつくるための川柳文法力

はじめに

◆ホントは分かりやすくてタメになる文法——●

文法は難しい、という先入観がある。川柳に関わる以上は欠かせないものなのに、何となく敬遠されがちなのが文法だ。

基本さえ理解できれば、文法は本来、そんなに難しいものではない。文法の力、つまり文法力を身につけることで、作句技術のバリエーションが広がり、飛躍的に表現力がアップする。

知らないなんてモッタイナイ!

そんな思いから筆を執った。

川柳と文法。

一番対極に位置するもの。そうお考えになっている方が大勢おられるに違いない。

川柳＝自由闊達
VS
文法＝杓子定規

という図式が、固定観念としてすでに擦り込まれているのであろう。

だとしたら、それはマチガイ！

本来は、そうではない。そうではない証明を、本書でしていく。

国語教師約四〇年のメンツ（!? 笑）にかけても、興味深くて分かりやすい講義を展開していくつもりである。


川柳作品を評価・鑑賞する際に、何をモノサシにするのか？ 選択肢は幾つかある。「文法」もそのモノサシの一つであろう。当然のこと。なかには「文法アレルギー」の方もおられるだろうが、そういう方にこそ本書をお読みいただきたい。

「文法」という言葉に抵抗があるなら、「言葉の決まり」「日本語の法則」と言い換えてもよろしい。所詮「言葉の決まり」を蔑《ないがし》ろにして佳句は存在しない。そう確信している。

端的な例が、誤字・脱字だ。

川柳人は漢字にウルサイ。結構なことである。誤字脱字を認める川柳人はいない。大会などで誤字・脱字を特選句に選ぶ人は皆無であろう。（初心者の会などで「勉強のため」誤字・脱字を直して入選させる場合は別。）

誤字・脱字の類いも、レッキとした「言葉（日本語）の決まり」の一種だ。つまりは「文法」。表記（法）が違う、ということなのである。

◆三段階くらいある「文法的モノサシ」——●

文法を一つのモノサシとして川柳作品を考えるとき、次の三つぐらいの段階に大きく分けられるのではないか。

①基本段階（◎または×）

明らかな間違いの場合。誤字・脱字。文法的ミス。「言葉の決まり」からの大いなる逸脱、などなど。

「恋しい」人に、「変しい」と書いてはダメ。

「わが家の柿も色づきました」を、「わが家の姉も色づきました」と書き送ったら、大いなる誤解を生む。おっと、コレは落語の世界だ。

言葉を換えれば、「正しい（◎）・正しくない（×）」という判断、正否の世界である。この基本段階でのミスを指摘されたら、川柳人は素直に訂正をすべきだろう。

②応用段階（○または？）

明らかな間違いとは言えない場合。しかし、ふさわしい表現ではない、適切な言い回しとはどうも思えない、という段階である。

換言すれば、「適（○）・不適（？）」の判断である。

③発展段階（△または▲）

間違いではない。不適切・不適当という程でもない。だが、もう一つしっくりこない。自分だったら、こういう表現は避けたい。こういった表記はしないであろう、これがイマイチ（▲）という段階だ。

恣意的にも聞こえるかも知れないが、「好ましい（△）・好ましくない（▲）」の世界に入る。

以上は筆者が新人育成を二〇年以上続けてきて得られた、体験的モノサシである。では実際に、これらを活用して作品検証をしてみよう！　ウォーミングアップのつもりで。

いま以上強くなったらどうしよう　**（真島久美子）**

（『港』誌／東京みなと番傘川柳会・平成二十七年四月号）

真島久美子氏は、筆者が注目する若手作家のお一人。この句もなかなか面白い。ユニークな佳句ではあるが、上五に違和感を覚えた。「いま以上に」と「に」を入れるのが普通ではないだろうか？

いま以上に強くなったらどうしよう

「に」を入れると字余りになるが、この方が自然だ。

盛り上がりに欠けて自伝が長くなる　**（佐藤孔亮）**

（『東京番傘』誌／東京番傘川柳社・平成二十七年四月号）

対照的に、こちらには「に」が入っている。そのため上五《かみご》が字余りになっているが、これはこれで良いと思う。

この句がもし、

盛り上がり欠けて自伝が長くなる

と、「に」がなかったらどうだろう？
「盛り上がり欠けて」という言い回しに違和感を覚える方・覚えない方、その割合はどれぐらいになるのだろうか？

鶴彬なれぬ我が身を恥じるなり　（安延春彦）

（平成二十七年四月四日付「朝日川柳欄」）

こちらは明らかにおかしい。文法的に変だ。主語が鶴彬でないならば、「鶴彬に」と「に」を補う必要がある。参考までに筆者の勉強会での意見交換を紹介する。

鶴彬なれぬ我が身を恥じるなり　（安延春彦）

「に」が必要という意見が大多数。不要という意見はほぼ皆無だった。

盛り上がりに欠けて自伝が長くなる　（佐藤孔亮）

「に」の入った原句のままがよい、とする意見が多数を占めた。

いま以上「強くなったらどうしよう　（真島久美子）

こちらは意見が分かれた。この句について交わされた意見をご紹介する。

〈真島久美子作品への主な意見〉

◇「に」不要派

- 「いま以上」で不自然だとは思わない。
- 「いま以上に」とすると、字余りになる。
- 「いま以上に」だと、散文的になる。

◇「に」必要派

- 「いま以上」は言葉として熟《こな》れていない。
- この句の場合、「いま」と「いま以上」の比較をしているのだから、やはり「に」が必要であろう。
- 無意味な字余りは避けるべきだが、必要な字余りはやむを得ないのではないか。

ちなみに筆者の日本語力的診断は以下の通り。

いま以上強くなったらどうしよう　（？もしくは▲）
盛り上がりに欠けて自伝が長くなる（◎）
鶴彬なれぬ我が身を恥じるなり　（×）

既存の句会にない勉強会の魅力

・初心者にとって、句会は敷居が高すぎる。
・入選する・しないだけの句会に、初心者は魅力を感じない。
　一方、勉強会は、
・講師の話が聞ける。仲間との懇談の機会にも恵まれている。
・カルチャー教室や市民講座などから発展した会も多く、入会の動機や川柳歴がお互い似通っている。
・競吟の原理よりも、ともに学びあう雰囲気が優先されるので、安心できる。
・川柳以外の趣味や生き甲斐を持っている人も少なくない。過度に？ 川柳に深入りしないという方も。そんな人たちにとって、勉強会の方が居心地がよいようだ。
・小・中規模の人数で運営されていて、馴染みやすい。
といった長所が指摘されている。

◆「◎×思考」イコール文法力ではない

文法の力、いわゆる文法力というのは、正解（◎）か不正解（×）という場合にのみ発揮されるものではない。この点をまず強調しておく。

◎か×かの議論とは違う、間違いとまでは言えないが、こちらの方がよい・ふさわしいという議論が出来るのも、文法力のなせる業であろう。

記号で示せば、

？（疑問符）が付く

あるいは▲（不適当・不適切）なので、

こんな言い回しや表記がふさわしい（△）と考える

という実例だ。◎や○でなく、△などの符号を用いたのは、絶対的正否という意味ではないからだ。

◆やはりこだわりたい作品の表記

①日本語の表記は、漢字かな混じり文が基本

理由もなく、カタカナやひらがなを用いるべきではない。以下の各作品は右が原句、左が参考句である。

(?)ドア締まりホームに残るテレ笑い　(K・R子)
(△)ドア締まりホームに残る照れ笑い

(▲)桜とてじゅく女のように垂れてくる　(K・T子)
(△)桜とて熟女のように垂れてくる

(▲)おかえりと言ってくれそな懐かしさ　(H・S子)
(△)お帰りと言ってくれそな懐かしさ

> 俗謡
> なるべくは『この』『その』『あの』は仮名で書け 医者《いしゃ》と石屋《いしゃ》は仮名はいけない

②副詞はひらがな書き

(?)ころころと良く笑う娘のお嫁入り　(N・T子)
(△)ころころとよく笑う娘のお嫁入り

この「良く」と「よく」については、きちんと使い分けをしてほしい。良し悪しを言う場合には「良く」と書く。副詞として用いる場合はひらがな書きの「よく」を使う。

(◎)よく笑う妻は私を信じてる (山本万作)

この書き方で◎。

③リズムは大切だが、無理な省略はダメ

(?)ガイドさん「都々逸聞いてみたかった (S・Y子)

(△)ガイドさんの都々逸聞いてみたかった

助詞がないと、主格（主語がガイドさん）と誤解される。「文法的モノサシ」の基本は、誤読をされないことだ！

(▲)マンホール「ふたで吠えてる獅子頭 (A・T男)

(△)マンホールのふたで吠えてる獅子頭

吠えているのは獅子頭なので。

（?）ここでは異国語来ない絵馬の束

（△）ここまでは異国語が来ぬ絵馬の束

（K・S子）

「異国語来ない」が熟《こな》れていない。「来ない」は「来ぬ」に直し、格助詞「が」を入れる。こうすると句に落ち着きが出てくるし、中七《なかしち》のリズムも保てる。

右のほか、「単身赴任」を「単赴任」、「臓器移植」を「臓移植」などと自分勝手に縮めたりしてはいけない。反対に、「ハンカチ王子」を「ハンカチの王子」などと、勝手に引き延ばすのもダメ。

リズムを整えようとするあまりのご都合主義は、×である！

④固有名詞は固有の表記で

「ドラえもん」「逸ノ城」「丁字路」であり、「キンタロー」「モーニング娘」は「キンタロー。」「モーニング娘。」と句点（。）が必要。

牛丼チェーン店の「吉野家」。「吉野屋」は間違い。吉野家の「吉」の字は、下の横棒が長い「𠮷」である。与謝野晶子を「昌子」と書いてはいけない。

ついでながら、筆者は「江畑哲男」である。「江畑哲夫」なる誤記はご勘弁願いたい。

⑤ 適語を探す努力を

（？）生まれし児天下とるぞともろ手あげ　（N・Y子）
（△）新生児天下取るぞともろ手あげ
（▲）公正だという政治の思い込み　（S・G男）
（△）公正とほざく政治の思い込み
（▲）ツーショット妻は三寸すぐ下がる　（I・K男）
（△）ツーショット妻は三寸ほど下がる
（▲）引っ越しで子等も学んだ渡世術　（I・K子）
「渡世術」がカタイ。「処世術」ぐらいでどうか。
（△）引っ越しで子等も学んだ処世術

言葉を見つける作業、適語を探り当てる過程は、苦しくかつ楽しいもの。よりよい表現、より適切な表現にたどり着くための試行錯誤。辞書と若干のセンスが必要になる。その上で、こうしたプロセスを皆さんには楽しんで欲しい。

◆文法力→鑑賞力・作句力の深化へ——●

「学校文法」の話はさておき、じつは文法も含めた「言葉の決まり」に精通すると、たぶんアナタの川柳力はより高度なものになるはずである。保証する!

もし、アナタが選者だったり、川柳の会の指導的立場にあるのでしたらなおさら。どうぞ、文法も含めた「言葉の決まり」にもう一度向き合ってください。どうぞ、文法も含めた「言葉の決まり」をご一緒に勉強していきましょう。

煙草酒塩と医者から削られる　（今川乱魚）

筆者の師である今川乱魚氏四〇代の作品。「煙草酒塩を、」ではない。「―と」になっている。

従って「煙草」「酒」「塩」は並列ではない。つまり、病状が進むにつれて、医者からの「煙草」「酒」「塩」の順に、指示がきつくなってきたという意味だ。

助詞一字「を」と「と」で、こんなにも句意が違うという一例。

一億の動悸未だに収まらぬ　（植竹団扇）

東日本大震災の年。筆者が代表を務める東葛川柳会の課題「あれから一年」の秀句作品。「収まらぬ」という下五が◎。

「収まらぬ」の「ぬ」は、打消の助動詞「ず」の連体形。終止形ではない止め方（連体止め）に、「あれから一年」の余韻・余情が深くなる。連体止めは第二章参照。

校内暴力教師不信の目・目・目　（江畑哲男）

下五は「目と目と目」ではない。

「目・目・目」。

「目と目と目」は五音構成。「目・目・目」は五音ではないが、間に「・」（中黒、ポツ）の一拍（×二）分の休止も含めて、五拍（モーラ）に数えられる。

校内暴力の激しかった一九八〇年代の教師不信を、「・」というサイレントで表現した。音数の数え方・リズムの問題は第二章参照。

第一章

たった一字、一語で川柳は劇的に変わる！

――助詞・比喩・形容詞・形容動詞をマスターする方法

日本語の語順　その摩訶不思議

よい音がしてすき焼きが始まった

（岩井三窓）

名作家の佳句である。

この句は「よい音がして」を先に持ってきている。そこが良い。散文調に直すならば、「すき焼きが、よい音がして（立てて）始まった」であろう。しかしながら、それでは何の変哲もない。「詩」にならない。

原句は、「よい音がして」とまずは読者に「音」を想起させている。「美味しそうな音」を思わせて、その後にその正体が「すき焼き」であることを告げているのだ。

「日本語は助詞一つで変わる」とは、よく聞くセリフである。ましてや川柳は五七五という三句構成。十七音の短さ。助詞一字の役割は、絶対的に重い。

「よい音がしてすき焼きが始まった」は、「すき焼きがよい音がして始まった」と、語順を変えても句意が大きく変わる訳ではない。

なぜなら、そこに日本語の助詞の秘密があるからだ。

◆語順を変えても平気な日本語

散文を例に取ると、さらにハッキリ理解できよう。

◎「花子はコンビニでスイーツを買った。」
この一文は、

「花子はスイーツをコンビニで買った。」

「コンビニで花子はスイーツを買った。」

「コンビニでスイーツを花子は買った。」

「スイーツを花子はコンビニで買った。」

「スイーツをコンビニで花子は買った。」

のように、五通りにも言い替えることが可能である。それぞれニュアンスに多少の違いはあるものの、基本的な意味内容に変化はない。

なぜ変わらないのかというと、

「花子は|コンビニで|スイーツを|買った。」

この傍線に示した助詞こそが、語順の言い換えを可能にしているからである。

「は」＝副助詞、「で」＝格助詞、「を」＝格助詞と呼ばれ、文章中における主として名詞と述語の関係を決定づけている。それゆえに、語順が前後しても、文章における名詞と述語の関係自体に変化は生じない。つまり、文意は変わらない、ということになるのだ。

一方、英文や中国語文ではこうはならない。語順の違いは、基本的内容の違いにほぼ直結する。

下の表Aをご覧いただこう。

いずれも、英語や中国語の基本中の基礎。レッスン

表A	
英文	This is a pen.
中文	这　是　鉛筆.
和文	これはペン(鉛筆)です。

表B	
英文	I love you.
中文	我　愛　你.
和文①	私はあなたを愛します。
和文②	あなたを私は愛します。

※中文は一部日本語の漢字を用いている。

ワンに該当する内容だ。語順の違いにご注目あれ。

次に表Bをご覧いただきたい。

英文の場合、「I《アイ》」と「you」の場所を入れ替えることは出来ない。入れ替えてしまったら文意が変わる。愛する主体と愛される対象がまるきり反対になってしまう。（むろんその場合には、「I」の格変化も必要になるのだが、……。）

中国語の場合も同様。「我」（私）と「你」（あなた）の場所を入れ替えることは、これまた不可能なのである。

ところが、日本語になるとそれが可能になる。表Bの和文①でも、和文②でも文意は基本的に変わらない。この秘密こそが、日本語の助詞の担っている役割なのである。

吊りビラを席のないまま読みつづけ　（椙元紋太）
まづ葱が動き寄せ鍋音を立て　（川上三太郎）
（↓「まづ葱が動き寄せ鍋（は）音を立て」の意）
ケンケンと踏切が哭く午前四時　（花房康生）

助詞に強くなろう！

◆相当ややこしい「は」と「が」

さて、助詞の役割の少なくとも重要性はご理解いただけたものと信ずる。その助詞をこれから本格的に取り上げていく。

助詞は、その使い方によってニュアンスの機微を巧みに描き分けることが出来る。逆に、助詞の使い方を間違えると一句の致命傷にもなりかねない。

助詞の使い方は難しい。学校では女子の扱い方が難しい（笑）。

では、最初から難問になるが「は」と「が」の違いに着目してみよう。

信用は会社にあって貸す飲み屋　（高橋散二）

美しい水が流れて村貧し　（高橋散二）

文法的に説明すれば、「は」は副助詞（ただし、古典文法では係助詞）で、「が」の方は格助詞と呼ばれる。まずは、副助詞と格助詞の違いから解説する。

◆格助詞ではない「は」

口語文法で「は」は、副助詞に位置づけられている。格助詞ではない。単純に主格を示す助詞ではないということだ。次に示す。

副助詞 いろいろな語に接続して、さまざまな意味を付け加える。「は」「も」「こそ」「さえ」「でも」「しか」「まで」「ばかり」「だけ」「ほど」「とか」……。

例「コーヒーとかを飲む。」
（「並立」。したがって、並立するコーヒー以外の飲み物を読者に想起させる働きがある）

▽副助詞「は」の主な用法。

①取り出し（取り立て）の意を表す。

例「オレは行く。」
（「たとえ他の誰が行かなくとも」という意味。すなわち、「オレ」を取り出して他の人間と区別する表現になっている）

②叙述の題目を提示する。

例「象は鼻が長い。」
（この場合の主語は、「鼻が長い」の「鼻」。「象は」の「は」は、全体のテーマを大きく提示する役割を担う）

格助詞 主として体言について、語と語の関係（だから「格助詞」と呼ぶ）を示す。
「が」「の」「を」「に」「へ」「と」「より」「から」「で」……。

例「上野へ行く。」（「方向」）

▽格助詞「が」の主な用法。

①主語を示す。

例「僕が行く。」

②対象を示す。

例「君が好き。」

ややこしいのは、「僕は」と言っても「僕が」と書いても大して違いがないように見える場合だ。こんな時は、以下の二点を覚えておくことをお勧めする。

未知の格助詞「が」 or 既知の副助詞「は」

「昔昔あるところに、おじいさんとおばあさんがいました。おじいさんは山へ芝刈りに、おばあさんは川へ洗濯に、……。」

前出の「が」は、主人公が文中に初めて登場（＝未知）する場面で使われる。初出（未知）の場合が「が」で、後出（既知）は「は」になる。

格助詞の主語 or 副助詞の取り立ての違い

日参をして新刊が（主語）未だ来ない　（高橋散二）

接吻を宿の女中は（取り立て）見てしまい　（高橋散二）

◆微妙に違う「に」と「へ」

次の「に」も「へ」も、同じく格助詞と呼ばれる。

格助詞とは、主として体言について、他の語との関係性を示す働きをする助詞のこと。

「他の語との関係性を示す」という部分にご注目いただきたい。

▽「上野へ行く」
この場合、格助詞「へ」は、上野という固有名詞に付いて、動詞「行く」という動作の方向を示す働きをしている。これが「関係性を示す」ということである。

例えば、もし「上野を行く」と表現したらどうなるか？

「を」は、同じ格助詞でも、動作の対象を示す。したがって、上野という固有名詞との関係性で説明するならば、上野界隈（一定のエリア、地域）が、「行く」動作の対象となってくるのである。「ブラタモリ上野を行く」はＯＫ。

▽「上野に行く」
格助詞「に」は場所を示す。「へ」が方向を示すのに対して、「に」は場所を示す。この微

妙なニュアンスの違いがお分かり頂けるだろうか。

違いをあえて整理するならば、次のようになる。

「へ」＝方向　　上野方面。
「に」＝場所　　上野＝目的地。

では、上野というエリアの、さらに「動物園」と場所を限定したらどうなるのか。「上野の動物園に行く」という言い方は自然だ。

しかし、「上野の動物園へ行く」と言われた場合はどうか。個人差があるものの、ちょっと違和感を持つという方もおられるに違いない。じつは、その違和感こそ大切な感覚なのである。

違和感の背景には、助詞の使い方がある。「動物園」という具体的な目的地が明示されているのに、「へ」という方向を示す格助詞が使われているからだ。イマイチしっくり来ないという感覚は、格助詞の使い方からきているのである。

多様な働きをする格助詞

念のため付け加えると、格助詞の「に」の働きは目的地を表すだけではない。同様に「へ」も、方向を表すだけではない。一覧にしておく。

格助詞「に」の主な働き

場所・時間	「学校に行く」
相手	「恋人に手紙を書く」
結果	「自治会長になった」
目的	「句会に出かける」

格助詞「へ」の主な働き

場所・方向	「学校へ行く」
相手	「恋人へ手紙を書く」

右表のかなりの部分でも、文意に決定的な違いはない。だから、あんまり気にならないという方もおられよう。

その昔、「違いの分かる男の…」というCMが流行ったが、ぜひ「違いの分かる川柳人」になってほしい（笑）。一字一句を大切にする作家になってほしいと願う。

場所を表す格助詞「に」の使い方は比較的やさしい。


地球儀のここに一億よくつまり　（亀山恭太）

難しいのは「へ」である。以下、「へ」の傑作を掲げておく。

欠勤の電話へ咳を二つ入れ　（亀山恭太）
試食しただけへ店員つきまとい　（加茂如水）
おばさんの方へ括弧で括られる　（成島静枝）
几帳面な時計の中へ遅刻する　（大城戸紀子）

◆助詞ナシでも一応通じる文意

文は「単語」に分けられる。意味や働きを構成する最少の単位を、単語と呼ぶ。

単語は、基本的に十の品詞に分類される。名詞・動詞・形容詞・形容動詞・副詞・連体詞・接続詞・感動詞・助動詞・助詞の十種類だ。

これらは、自立語・付属語の別、活用の有無、主語になる・ならない等々のモノサシによってグループ分けがなされる。

助詞は、そうしたグループ分けで言えば、付属語で、活用しない語ということになる。付属語だから、主語にも述語にもなれない。品詞の分類表が図示されると、大概は表の一番末尾に置かれる品詞がこの助詞である。

分類表のいつも一番端っこにある品詞。自立語ではなく、主語にも述語にもならない単語。文章中にあって、たとえこの品詞が省略されても、事実としては大きな差は生じない。日常会話のレベルでは、抜かされても何となく通じる品詞、それが助詞である。

例えば、外国人が、「ワタシ、今日、東京、行く。」と叫んだとする。たいていの日本人は、右の情報をアバウトながら受けとめることができるに違いない。

では、そのアバウトな情報に助詞を挿入するとどうなるか。

	A群		B群		C群	
ワタシ	が	、今日	は	、東京	に	、行く。
	は		こそ		へ	
	も		にでも		まで	
	だって		だけ		から	

ご覧いただいて一目瞭然！　選択肢ＡＢＣの組み合わせによって、情報の量と質に見違えるほどの差が生じることに気づかれたであろう。そうなのだ。これこそが助詞の役割なのであり、助詞の助詞たる所以なのだ。

◆日本語上手は助詞上手

助詞の魅力はまだまだたくさんあるが、川柳の文法は助詞だけではない。

助詞には、（口語文法で言えば）格助詞・接続助詞・副助詞・終助詞がある。そうした助詞力の魅力をたっぷりとご紹介して、まとめとしたい。

貌のない手ばかり（副助詞・限定）挙がる多数決　（野谷竹路）

別れずに来た理由など（副助詞、例示）聞かれても　（小松原爽介）

お世辞など（副助詞、軽蔑）要らない山で山が好き　（藤沢岳豊）

はみ出してから（接続助詞・順接）友達が急に増え　（菖蒲正明）

らく書きを賞めれば（接続助詞・順接）ボクが書きました　（神谷娯舎亭）

ちゃぶ台のレシピ貧しきかな（終助詞・詠嘆）昭和　（江畑哲男）

水草よ（終助詞・呼びかけ）蛍でさえ（副助詞・添加）も子を宿す　（森中恵美子）

ゴミ拾いました神様見てますか（終助詞・疑問）　（浅野幹男）

虹を描くだけで教師がつとまるか（終助詞・反語）　（江畑哲男）

セクハラじゃないよ（終助詞・強調）ブラックユーモアさ（同・軽い断定）　（加茂如水）

比喩をマスターする

比喩は詩心の発露であり、詩の基本である。

人は心を揺り動かされた時に、その思いをどうにか伝えようとして、何かに喩えたりする。その喩えを比喩と呼ぶ。したがって、比喩は詩のベーシックな修辞（＝技法）とも言える。

◆比喩＝詩の技法の基本

『野菊の墓』（伊藤左千夫）の一場面。政夫と民子。デートの舞台は土手である。「僕はもとから野菊がだい好き。民さんも野菊が好き……」という台詞のあとに、「民ちゃんは野菊みたいだ」と、政夫は告白する。

民子を可憐な野菊に喩えての、いささか回りくどく、かついじらしい恋の告白場面であ

る。

この「民ちゃんは野菊みたいだ」を、比喩という。

修辞の比喩には、

直喩	明喩、シミリ、simile
隠喩	暗喩、メタファー、metaphor
諷喩	寓喩、アレゴリー、allegory
擬人法	活喩、パサニフィケーション、personification

などがある。

このうち、もっとも基本的で、もっとも分かりやすい喩えが直喩である。

◆直喩をマスターしよう

直喩とは、「AはBみたい」と対象化する手法である。要するに「〜みたい」「〜のようだ」「まるで〜」のように、喩えであることが明瞭に分かる修辞法だ。詩的技法として比喩でなくとも、直喩は日常会話でも盛んに用いられている。

「いつも子どもみたいなことを言って、……」

「キミとこうしていられるなんて、夢のようだ。」

「工場が爆発して、まるで特撮映画の一場面……」

しかしながら、日常会話に用いられる程度の比喩では、「詩」にはなるまい。詩的表現に昇華するためには、他人に「あっ」と一瞬思わせ、次の瞬間には「ナルホド」と唸らせる、そんな発見が求められるのだ。

直喩は使いやすいだけに、逆につまらない・俗っぽい表現にもなりかねないのである。ご注意あれ！


女の子タオルを絞るやうに拗ね　（川上三太郎）

この句は、女の子の拗ねる様子を喩えている。その拗ね方を、作者は「タオルを絞るやうに」と表現した。この喩えは意外ではあるが、けっして突飛ではない。「あっ」と思わせ、「ナルホド」と唸らせる、そんな発見がある。他人が気づかない意外性と、言われればナルホドと理解できる普遍性の、両方を兼ね備えている。

平易な直喩の難しさは、実はこの点にこそある。

客の来ぬ客間納戸のように積み　（野谷竹路）

助演賞下さいそんな夫婦歴　（江口信子）

ひらがなの流れるように花を活け　（穴澤良子）

鼻ピアスほどの貧しき自己主張　（江畑哲男）

この本では広い意味で「言葉の決まり」を学ぶのが趣旨であり、そのため丁寧な解説を心がけている。

「言葉の決まり」は川柳理解のための一ステップであり、読解力・鑑賞力のルールの確認でもある。感性は大事だが、感性のみの「理解」や「鑑賞」は、ルールを知らないで自動車の運転をするようなものだ。

学びを軽視してはいけない。

> 喩えられるものと喩えるものとの関係が、常識で結ばれているのではなく、意外性や飛躍があって、しかも作者の一人合点や独善に陥っていないこと
>
> （藤田湘子著『俳句の入口』ＮＨＫ出版）

◆「隠喩」という技法を解き明かす

隠喩（暗喩、メタファー）に移る。直喩と隠喩、その違いはどこにあるのだろうか。

直喩は「〜みたい」「〜のようだ」「まるで〜」という言い回しで、喩える対象とセットで比喩が提示がされる。

これに対して隠喩は、右の「〜みたい」「〜のようだ」「まるで〜」を省いてしまう技法である。

「今回の連続殺人事件は、悪魔のような女性によって引き起こされた冷酷で残忍な……」。（直喩）

右の文で用いられた技法は、直喩である。「冷酷で残忍な」犯罪を、「悪魔のよう」だと喩えているからお分かりになるだろう。

この表現を隠喩にしたらどうなるか？「この女は悪魔だ」という断定的な言い回しになる。この場合、実際には「女≒悪魔」（≒は、よく似ているという符号）という比喩であり、「悪魔のように、○○だ」の「○○」の部分を欠落させて表現している。そうなると、読者はその欠落部分を補って解釈することになるのである。

「私は蝶になった」（隠喩）も同様である。欠落部分の「○○」を補うと、「私は蝶（のように、身も心も軽くなった）」ということであろうか。そう言えば昔、「♬あなたに抱かれて私は蝶になる♬」という流行歌があったっけ。その場合の「蝶になる」とは、蝶のように「○○」になるということ。こちらの空白部分「○○」は、読者の皆さんが楽しみながら解釈をして欲しい。

では、川柳作品で隠喩を解き明かしてみよう。

父の胸底に万年雪がある　（五十嵐修）

この場合の「万年雪」は隠喩。となると、「万年雪のような○○」、その「○○」を考えよう。「万年雪」は、「一年中消えない雪」のこと。したがって、「（父の）一生消えない、溶けない辛い記憶」とでも解釈するのが妥当なところであろうか。

「女＝悪魔」、「私＝蝶」、「父の胸＝万年雪」といった隠喩の図式は、比較的分かりやすい方かも知れない。

◆隠喩の魔力と落とし穴

川柳もだんだん上手になると、隠喩を使いたくなってくる。隠喩表現は魅力的である。

隠喩を使いこなせるようになると、自身の表現力がスキルアップした気分にもなる。隠喩表現の面白さに嵌ってくるのだ。その隠喩の魅力を整理してみよう。

①短い字数で、端的に表現できること。
②端的な表現であるにもかかわらず、その内容にふくらみや奥行きを持たせることができること。
③心象表現では、とくに優れた効果を発揮する。

隠喩を使った川柳をご紹介しよう。作者の隠された意図を解き明かす。そんな気持ちで鑑賞して欲しい。

信号の黄に突っ込んで生きている　（天根夢草）
出逢いの日ふわりとかけられた手錠　（矢島玖美子）
太陽の舌が私を追いかける　（日下部敦世）
まだ青いトマト男が食べたがる　（江畑哲男）

しかしながら、隠喩には魔力にも似た魅力と同時に、落とし穴も存在する。どういうことか。

④「A＝B」と言い切って「○○」が隠されてしまうので、作者の意図と読者の解釈に齟齬が生じることが少なくない。
⑤単に齟齬が生じるだけでなく、「A＝B」と言い切った意図自体が疑問視されたり、独りよがりの汚名を着せられたりする。
⑥隠喩の多用は現代川柳の難解さにつながり、結果として川柳をつまらないものにしてしまう。

いわゆる詩性派や前衛派の川柳作家は、隠喩を多用する。そんな傾向に痛烈な皮肉を浴びせたのが大阪の川柳界で重きをなした、故亀山恭太氏であった。恭太氏は「前衛の月並み」というエッセイのなかで、隠喩多用の「前衛偽作」を自ら作ってみせた。昭和四十年代のことである。

不倫の烙印が銃口となるおんな　（亀山恭太）

誤解しないでいただきたい。右は恭太氏の偽作である。デタラメな隠喩を使えば、もっともらしい前衛作品が出来上がるという、恭太氏一流の痛烈な揶揄だったのだ。

◆擬人法は親しみやすい修辞

擬人法（活喩、パサニフィケーション）とは、「人以外のものを人にたとえて表現する修辞法。『花が笑う』『山は招く』の類」（大修館書店『明鏡国語辞典』）である。

擬人法は、比喩のなかにあっておなじみの修辞（＝技法）だ。使用頻度も高い。親近感あふれる技法の一つと言えよう。

詩・俳句・短歌のような文芸の世界はもちろんのこと、我々の日常世界のなかに擬人法はちゃっかり入り込んでいる。だから親しみやすい。

広い意味での「詩の世界」をご案内する。まずはお気軽に、流行歌の世界から擬人法を覗いてみることにしたい。

ご存じ「ブルー・シャトー」。往年の大ヒット曲の冒頭にも擬人法が用いられていた!!

♬森と〜泉に〜かぁこぉ〜まれてぇ〜　静かに〜眠ぅる〜
　　ブルゥ〜ブルゥ〜ブルゥ〜シャトォ〜♬

そうそう、「静かに眠るブルーシャトー」が、擬人法なのだ。たしかに、人でないものを人になぞらえている。ついでにもう一曲。次は童謡でいこう。

♬ 春ぅの 小川は　さぁ〜ら さぁ〜ら いくよ
……　さぁ〜さぁ〜やぁ〜き なぁ〜がぁ〜ら ♬

解説するまでもなかろう。「小川がささやいている」という部分が、擬人化した表現にあたる。

◆擬人法を使った川柳

川柳の世界でも、もちろん擬人法は用いられている。

衣更え諭吉ひょっこり顔を出し　（太田昭雄）
ちょっと帰ろうよと郷愁が誘う　（本田哲子）
就活を抜けたスーツの深呼吸　（塚本康子）
ひとり分だけで淋しい洗濯機　（本間千代子）
クーラーと喧嘩はしない扇風機　（坂牧春妙）

三番目の作品についてのみ、どこが良いのか、少々の解説を付す。
・まずは、「就活」なる新語を採り入れた点。
・その就活を「抜けた」と表現している点。
・就活の象徴たるスーツが就活を抜けて、「深呼吸」をしたと、作者が見立てた点。
以上の三点がすばらしい。とりわけ、三点目の擬人法が決まっている。

言わずもがなの説明を加えれば、スーツは人間ではない。人間ではないから、呼吸はしない。まして、深呼吸など出来ようがない。そのスーツに深呼吸をさせた（＝「ほっとした、安心した」の意味）点が、作者のお手柄なのである。

この句は、東葛川柳会創立二十五周年記念大会における、宿題「雨のち晴れ」（津田暹選）の特選句に輝いた。この宿題「雨のち晴れ」自体を、一種の比喩として受け止めていただくのが正しい（この場合は、「隠喩」である）。

新聞にも擬人法は登場する。お堅い紙面にも、気をつけて読めばちゃんと擬人法は使われているのだ。

新聞にもある擬人法

- たとえば、平成二十四年十二月十八日の社会面。将棋の米長邦雄さんが亡くなった。その米長元名人の追悼記事には、「泥だらけの盤上で華々しく舞う、人間くさい米長将棋が好きだった」(翌十九日朝日新聞社会面)とある。立派な擬人法ではないか。
- 十二月十九日朝日社説。「猪瀬都政　老いる東京に備えを」なるタイトルが掲げられていた。これまた擬人法的言い回しだ。
- 十二月十八日朝日記事。「惨敗でも『筋肉質になった』民主党」。こちらは、比喩は比喩でも前回触れた「隠喩」と説明するのが適当か。

◆句集から比喩を拾う

次は、句集から現在のテーマたる「比喩」を拾ってみることにした。手に取ったのは、『新家完司川柳集（六）平成二十五年』(新家完司著、新葉館出版)である。新家完司。一九四二年生まれ。川柳塔社理事長。

完司作品はともかく楽しい。定型を基本とし、大好きなお酒も含めて、己れの弱さや生活を率直にさらけ出す作品が多いからだろうか。いかにも川柳らしい川柳が並ぶ。

本日の予定便座で考える
さみどりがまなこにしみるふつかよい
三分も仰げば飽きる青い空
気まぐれにすると楽しい風呂掃除
飲兵衛の役をせんとや生まれけり

完司作品の「比喩」を紹介する。

直喩

無人島よりも寂しいネットカフェ
宍道湖のさざなみほどの片想い

「さざなみほどの」の直喩がすばらしい。作者に「含羞の詩人」の側面を感じさせる絶品である。

隠喩

ごはんですようと鎖が手繰られる
この国の芯は豆腐で出来ている

「鎖」は分かる。「豆腐」は想像の翼（＝これも比喩）が広がるに違いない。いったい何を喩えたものか？　隠喩は読者の脳を活性化させる。

擬人法

扇風機キライキライと首を振る
ゴキブリも気に入っている僕の部屋

ゴキブリを主語にしたところが、いかにも作者らしい。
さて、分類で困るのが、グレーゾーンの作品である。

満腹になるまで自慢聞かされる

「満腹」はたぶん隠喩。そう考えてよいか。

褒め言葉だけを反芻する涎

この「涎」も隠喩か、はたまた自己満足の象徴か。

◆日本語ならではの豊かな声喩

最後は、声喩を取り上げる。声喩は擬声（音）語、擬態語、オノマトペアとかオノマトペと呼ばれたりもする。

擬声語とは、いったい何か。

〈物音や動物の鳴き声などに似せて人が言える音で表した語。（参考）『ざあざあ』『どさっ』など。〉（ベネッセ『表現読解国語辞典』）

この擬声語・擬態語は調べてみると、じつに面白い。日本語の豊かさの象徴のような比喩で、その数は無数（！）になるという。

右は、『オノマトペがあるから日本語は楽しい』（小野正弘著、平凡社新書）からの受け売りだが、たしかに日本語のオノマトペは「創って遊べる」要素を持っているようだ。

もう少し同著の解説をすると、たとえばマンガの『ゴルゴ13』にしばしば登場する喫煙の場面。苦み走った主人公の殺し屋が、ライターで煙草に火を点ける。その擬音は「シュボッ」である。この「シュボッ」という擬音は、『ゴルゴ13』以外では見聞したことがない。したがって、作者さいとう・たかをのオリジナルと言ってよい。そのオリジナルな擬音の謎を、ご丁寧にも前掲書の筆者・小野正弘氏は執拗に追いかける。

日く、このオノマトペの特性はダンディズムの象徴である。「シュボッ」は、安い百円ライターのそれではなく、高級ライターの音。ガス注入式で、小振りながらずっしりと重みがある。表面は金色か？　細かな文様があって、……。

ナルホドナルホド、擬音語一つでこんなにも想像の翼が広げられるのか、と驚かされた。同時に、そのオリジナリティーを素晴らしいとも感じた。

◆何故「創って遊べる」のか？

では、日本語のオノマトペは何故「創って遊べる」のか？　そのナゾに迫ってみよう。この点になると、音感の説明が必要になってくる。

できるだけ分かりやすいように、表（下）にしてみた。

各行音ではどうか。今度は齋藤茂吉の「短歌声調論」から拝借しよう。

a（ア段）音は、雄大
i（イ段）音は、軽快、繊鋭
u（ウ段）音は、沈鬱
e（エ段）音は、温雅
o（オ段）音は、荘重

（秋元不死男『俳句入門』角川選書より、
（　）内は筆者の注記）

ア行音は、朗に開き、明るく、平らかに響き。
カ行音は、堅く、潔《さわや》かに、強く響き。
サ行音は、鋭く、時に清く、時に細く響き。
タ行音は、重く、堅く、厚く響き。
ナ行音は、柔かく、時に籠って、滞って響き。
ハ行音は、軽快に開いて響き。
マ行音は、豊かに、時に窄《しま》るように響き。
ヤ行音は、ア行音よりも晴朗でなく、暈があり。
ラ行音は、流動、不滞の響があり。
ワ行音は、ア行音よりも大きく響く。

難しい話になって恐縮だが、要するに、右の順列組み合わせの結果がオノマトペになる。作者のオリジナルなオノマトペというのは、こうした音感が土台になっていると考えていただいても間違いではないだろう。

どっちの怪獣が大きい？
「チニリ」vs「ワラカ」

本来、「音」そのものには意味がないようである。近代言語学は「音に意味がある」を否定するところから始まったとも言う。

ところが、音感というか「音の持っている感じ」というのはある。

そこで問題。大きな怪獣はどっちですか？

正解はそう。「ワラカ」の方が大きい。そう思った人が多いはず!?

「チニリ」の方は、何となく小さな怪獣のように思える。

その根拠は？

「チニリ」は、母音（i段音）を含む音だけで成り立っている。対して「ワラカ」の方は「母音」（a段音）で成り立っている。「音」の違い、母音からくるイメージの違い、なのだ（前ページの表参照）。

（今野真二著『学校では教えてくれない　ゆかいな日本語』河出書房新社参照）

◆外国人に通じないオノマトペ――●

ところが、である。こうした日本語独自のオノマトペは一般の外国人には通じないそうな。

そのオノマトペとは、お医者さんが外国人の患者に病状を尋ねる場面である。腹痛を訴える患者に対して、医者が尋ねる。

「(お腹は)キリキリ痛みますか？　シクシク痛みますか？」

日本人なら分かるオノマトペだが、これでは通じまい。日本的特性の音感によるオノマトペ、ゆえにである。しからば、古典的なオノマトペはどうだろうか。

かごちんをやつて女房はつんとする　(誹風柳多留初篇)

医者の門ほとほと打つはたゞの用　(誹風柳多留初篇)

麦ばたけざわざわざわと二人逃《にげ》　(誹風末摘花初篇)

いずれも有名な古川柳からの引用。外国人が理解できるレベルかどうか、こちらはまだ確かめてはいない。

ランランで行ってヨタヨタ帰る旅　(長谷川庄二郎)

ゆっくりと名残り断ち切る霊柩車　(野口　良)

別腹にそっと蔵った蒼い月　(松田重信)

音訓ハチャメチャ今どきの子の名前　(江畑哲男)

形容詞・形容動詞

形容詞と形容動詞は、ふつう次のように定義される。

形容詞

①事物の性質や状態（存在）を表す単語。
②自立語で活用があり、言い切りの形は「い」で終わる。
③用言の一つで、単独で述語や修飾語になる。
例 山は高い。これはおいしい。この絵は美しい。
青い海に白い船が浮かんでいる。

形容動詞

①事物の性質や状態を表す単語。
②自立語で活用があり、言い切りの形は「だ」で終わる。

③用言の一つで、単独で述語や修飾語になる。
例 彼はいつもほがらかだ。負けることは明らかだ。
ここは静かな町だ。廊下は静かに歩きなさい。

◆吟味すべきは、形容詞・形容動詞

右は、『問題中心　理解と表現のための活用国文法』（新学社）から引用した。この『活用国文法』は、中学校の副読本として文字どおり広く活用されている文法書である。おそらく読者の皆さんの子どもさん・お孫さんも、きっとこうした文法的知識を学んでいるに違いない。

右の二つの品詞の解説を読んで、お気づきであろうか？　形容詞・形容動詞の両者には、言い切りの形を除いて、文法的働きに違いがほとんど存在しない、のである。

すなわち、いずれも
①事物の性質や状態を表す単語。
③用言の一つで、単独で述語や修飾語になる。
という解説、になっている。

①・③は、要するに形容詞・形容動詞は、述部や修飾語になること。これらの品詞を用いることによって、表現すべき対象の性質や状態が決定される。決まってしまう！　ということ、なのだ。

それ故に、適切で的確な表現かどうかが、（私見だが）おそらく動詞以上に求められるのではないか。

「山は高い」の「高い」は形容詞である。この「高い」が、その山にふさわしい表現であり、形容であるならば問題はない。

しかしながら、そうではなく、「高い」が単に性質や状態を一般的に述べただけならば、少なくとも川柳作品としては失格だ。「ポエム」とは呼べず、単なる説明文、しかも下手な説明文でしかない。筆者のこの指摘・問題提起は、川柳人の皆さんならばお分かりいただけるであろう。

対象たる「山」をつぶさに観察したとき、「高い」以外の形容はあり得ないのか？　川柳作家ならば、その言葉選びに大いに悩むところだ。より適切な言葉、より的確な表現を選びとるために、川柳作家はいつも悩んでいる。適切・的確で、さらにはより詩的で、自分らしい、個性あふれる単語に巡りあうために、そのためにこそ私たち川柳人は日々研鑽を積んでいるのである。

形容詞は「高い」以外にも、「深い」「険しい」「遠い」「青い」「美しい」「大きい」他の単語も思い浮かぶ。山の形状や位置、状態、色、季節、角度などから観察を深めれば、選択すべき形容（詞）はいっそう増えていく。「奥（深い）」「小（高い）」等の接頭語に類する語を付け加える、形容詞ではなく形容動詞の方を用いる、「体言＋の」を使う、比喩表現を検討する等々、選択肢はさらにさらに広がって、多彩かつ限りない。

そこで結論。

形容詞・形容動詞は、よくよく吟味すべし！

やすみりえ作品の形容詞・形容動詞

川柳作家やすみりえ著『召しませ、川柳』（新葉館出版）より。
形容詞・形容動詞が多いやすみりえ作品。柔らかくて個性的で、一種独特のセンスを〝召しませ〟。

形容詞

遠い日の恋は人魚になりました
新しい私になれるまで眠る

形容動詞

しなやかに忘れるためのカルシウム
やわらかな罪を頂戴しています
厄介な恋は柔軟剤仕上げ
孤独だねミックスベジタブルさえも
「孤独だ（ね）」は、倒置法。
幸せな恋は毛玉になるんです

◆命取りになる、安易な形容詞

もう一例だけ挙げてみよう。

例えば、皆さんの前に女性が数人いたと仮定する。いずれも「美しい」女性であった。

この場合、「美しい」という形容詞を用いることが適切・的確なのだろうか？「美しい」という表現で果たして充分か？そのあたりをご一緒に考えたい。

その場にいた女性を全体として意識したり把握する場合、女性数人をまとめて言い表そうとする場合には、「美しい」女性たちという表現で構わない。

しかしながら、「美しい」A子、「美しい」B子、「美しい」C子、「美しい」D子、…と続けたらどうなるか。何だかおかしい、変な表現だと思われるに違いない。

言われた女性の側も、「美しい」と形容されて果たして喜ぶのであろうか？十把一絡げに「美しい」と表現されたことに疑問を感じるのではないか。

聡明な女性なら、怒りさえ覚えるはずである。

なぜなら、この場合の「美しい」は選び抜かれた・考え抜かれた表現ではないからだ。いい加減な言葉、何だか心がこもっていない投げやりな言い回し。「美しい」を多用する人間の、むしろ無神経さ・鈍感さが浮き彫りになっている。

それ故に、「形容詞・形容動詞は吟味すべし！」安易なその使い方は命取りになる、ということを強調しておいたのだ。

◆形容詞の指導は難しい

『日本語を「外」から見る』（佐々木瑞枝、小学館一〇一新書）を興味深く読んだ。本書は外国の留学生たちと日本語の矛盾と謎に迫っていく、日本語教師によるユニークな日本語論である。

同書の冒頭「初級編」2に、「形容詞の指導は難しい」があった。

Ⓐ「わー、このホール狭いじゃないですね」

と、カナダから来た学生。

Ⓑ「本当、とても広いだよ」　（傍線いずれも引用者）

とは、スペインの女子学生。

以下著者は、「意味は通じるがどこかおかしい」という、留学生の使う独特の誤用表現に着目する。そうした誤用の数々を、日本語教師はどう指導していくのか、指導していったのか。奮戦の有り様が面白エピソード風に綴られているのだ。

例文Ⓐで言うならば、

「狭いです」の過去形は「狭かったです」、否定形は「狭くないです」、になる。形容詞では、この否定形を留学生はよく間違える。「狭くないです」とは言えずに「狭いじゃない」、「甘くないです」は「甘いではない」と言ってしまうらしい。

念のため、例文Ⓑの誤用も説明しておこう。

「広い」は形容詞である。従ってスペインの女子学生のように、「広いだ」と言うのは明らかに変である。形容動詞の「静かだ」や「元気だ」と、混同しているのであろう。

◆外国人から見れば同じ、形容詞と形容動詞――●

外国人に日本語を教える日本語学と、私たちが習ってきた国語学とでは、品詞に対するとらえ方に一部相違がある。

形容詞と形容動詞について言うならば、両者を分けて考えるのが伝統的な国語学。伝統的な国語学とは、つまり私たちが習ってきた学校文法のことだ。対して、外国人対象の日本語学の場合、両者を分けて考えたりはしない。同じ働きをする同じ品詞として扱っている。

すなわち、形容詞も形容動詞も形容詞である！ と。両者とも、

事物の性質や状態を表す単語。
用言の一つで、単独で述語や修飾語になる。

という共通点を持つ。

従って、日本語学が同じ品詞として教えたとしても不思議はない。

この見方、じつは学校文法の立場からも理屈が通っている。なぜなら、形容詞と形容動詞、両者の働きに基本的な違いはないのだから。

ただし、活用は違う。

その活用の違いによって、日本語学では次のような仕分け方をしている。

学校文法でいう形容詞を「イ形容詞」と呼び、形容動詞は「ナ形容詞」と呼んでいるのである。

〈日本語教育では、学校文法でいう「形容詞」を「イ形容詞」、「形容動詞」を「ナ形容

詞」と呼ぶが、これは連体形が「い」なのか「な」なのかを誤認しないようにという教育的配慮もしながらグループ分けをしたものである。〉

（林巨樹ほか編『日本語文法がわかる事典』「形容詞」の項、東京堂出版）

少々面倒な話に聞こえるかも知れないが、分かりやすく解説したつもりである。「こんなカタイ話が役に立つのか？」とおっしゃる方は、ここまで読み進めてくださった読者には、ほとんどおられないのではないか。言葉の決まりに精通することは作品の分析につながる、と理解を深めてくださっているものと信じている。

言語学者の井上優麗澤大学教授は、こうもおっしゃっている。肝に銘じたい。

〈文法研究は「文学の分析」にも役立ちます。……日本語の表現が持つ特性を分析的にとらえようとする文法の研究の成果は、作者の工夫を分析的にとらえ、作品がどのようにできているかを（「なんとなく」ではなく）具体的にとらえるのに役立つでしょう。〉

（町田健編、井上優著『日本語文法のしくみ』研究社）

◆宿題「美しいこと」

こんなエピソードがある。

ある句会で、「美しいこと」という宿題が出されたのである。「美しい」ではない。「美しいこと」という宿題であった。

当時この宿題は、ずいぶん話題になった。

「今度の宿題は、『美しい』とは違うらしいぞ。」

「『美しい』じゃなく、『美しいこと』だからナ。」

「じゃ、ナニか？　普通の『美しい』だと抜いて貰えないってことか。」

「たぶん。選者が選者だからな、……」といった会話が交わされたのである。

では、その入選句（一部）を紹介する。

いしきする美しいことはてれくさい　（小松文枝／11歳）
言訳をいわずにかぶる小さい罪　（宮内可静）
政敵が人柄しのぶ訃報欄　（江畑哲男）
美しいことの記事では売れませぬ　（坪田達雄）

美しい音を信じて手話続く　（川田軌明）
たそがれに夫婦再び許しあう　（今川乱魚）
美しい貧しさ貧しさを救う　（西野光陽）
美しいことのはじめに種を蒔く　（佐藤たま子）

昭和五十六年八月、東京みなと番傘川柳会・水府忌句会でのこと。選者は水府の子息である岸本吟一氏であった。

当時、吟一氏は番傘川柳本社の主幹に就任して三年目。NHKのラジオ番組にも連続して出演。番傘の同人は毎年その数を増やして八〇〇名を突破した。そんな勢いのある頃であった。

選者吟も紹介しておこう。


そうもなれない花火のようにというけれど　（岸本吟一）

この「美しいこと」という出題は、筆者に強いインパクトを与えた。句会に於ける「宿題」のあり方、その奥深さを強烈に意識させられた最初の出来事でもあった。

よく指摘されることだが、関西の、もしくは番傘系の川柳結社では、出された課題は基本的に詠み込まれるようだ。課題が「美しい」であるならば、「美しい」という単語を句の中に採り込むのである。

対して、関東の句会では課題は詠み込まないことが多い。詠み込まない方がスマートで、説明句になりにくい。そういった意識が根強いのであろう。

課題をめぐる東西の意識と句風の違いは、昔から取り沙汰されていることでもある。

さて、その課題「美しい」。

「美しい」は五音だ。そのため、上五あるいは下五にぴったりと収まる。作句上は便利であり、使いやすい。題材を決めていざ句を創ろうとすれば、たやすく破綻なく纏められる単語になっている。

そんな風に安易に考えてお手軽に用いたら、いったいどうなるか？

「美しい……」

「美しい……」

のように、冠付《かむりづ》けのような作品が並ぶことになる。

反対に、

「……（は）美しい」

「……（で）美しい」

と、沓付《くつづ》けのようになってしまうかもしれない。

ましてや、形容詞である。

「形容詞は説明的になるから注意を」と申し上げてきた。「よくよく吟味すべし」とも書いた。その形容詞の使い方一つで、叙述が確定するのである。

従って、形容すべき対象はよ～く観察し、ふさわしい形容詞を選ぶようにしたい。言葉を吟味するのは別に形容詞に限らないが、形容詞の場合は特に注意が必要であろう。

「美しいこと」は、岸本吟一氏自身がこだわった出題だと聞いている。果たして、この出題に込められた吟一氏の意図はどの辺にあったのか？　泉下の吟一氏に、今となっては聞くことはできない。

時に岸本吟一氏六十一歳。ついでながら筆者二十八歳！　三十数年前のエピソードである。

◆一通りではない形容詞

形容詞を、川柳では不要だと主張する方がおられる。不要どころか、「川柳は形容詞から腐る」とまで仰る方もいるという。（その場合は、形容動詞についてはほとんど言及されない。）形容詞が入ると説明句になりやすい、というのがその理由らしい。ナルホド、一理ある。

たとえばこんな事例があったりする。

長期休業後、国語の授業時間に三分間スピーチをさせた。そんな時に、次のような話し方をする高校生が必ずいるのだ。

「沖縄に行って来ました。スゴかったで〜す。海がスンゴクて、泊まったホテルもスゴかった。いやぁ、スゴイ冬休みでした……」。

「すごい」という形容詞を連発して、話し手の興奮は伝わるのだが、肝心の中身が伝わってこない。海のどこがスゴかったのか、ホテルの何がスゴいのか、聞いている人間にはさっぱり分からない。ナルホドこんな形容詞なら、不要と断ずるのも無理はない。

しかしながら、結論的に申せば、ここもやはり「形容詞の性質と使い方」次第なのだ。形容詞（日本語本来の形容詞、外国人教授用に言う「イ形容詞」）。その性質や使い方を調べてみると、少なくとも二つのグループに分けられる。

Aグループの形容詞

「暗い・堅い・濃い・白い・高い・長い・早い」と、言い切りが「……い」で終わる形容

難しいなぁ～形容詞

イ形容詞（日本語の形容詞）

ナ形容詞（日本語の形容動詞）

Aグループ
高い、長い、白い、堅い

Bグループ（「感情形容詞」とも呼ぶ）
うれしい、悲しい、悔しい

注意！

形容詞を安易に使うと命取りになる!!

詞。事物の状態を客観的に記述する形容詞。

Bグループの形容詞

「うらやましい・うれしい・悲しい・悔しい」と、言い切りが「……しい」で終わる形容詞。自身の気持ちを主観的に判断して伝える形容詞。

ちなみに、Bグループの形容詞を「感情形容詞」と呼ぶことがある。感情形容詞とは、自身の感情を述べる場合に主として用いられるからである。分かりやすい例を挙げる。

「僕はうれしい」（↑主語は自分自身。この使い方は正しい。）
「彼はうれしい」（↑主語は他者なので、この使い方には違和感がある。）
（以上、中村明著『日本語案内』ちくま新書参照）

◆形容詞を吟味する

具体的な作品を挙げて検証してみたい。（松村華菜著『川柳句集 炎』飯塚書店より。傍線引用者、以下同。）

アイライン泣かないために強く引く　（松村華菜）

アタシは「強く」引くのだ、という形容詞の叙述があってこその佳句であろう。

厚い雲垂れて笑わぬ日が続く　（松村華菜）

やさしさにほろりと脆い耳になる　（松村華菜）

貧乏な頃の話がおもしろい　（松村華菜）

本音を包む雪より白く凍らせて　（松村華菜）

形容詞「脆い」の使い方は非凡。「脆い耳」というコロケーションは見たことがない。と、ここまではAグループの形容詞の検討。

問題は、Bグループの形容詞だ。

感情形容詞と呼ばれる品詞を、同じ作者の使い方によってさらに吟味していきたい。Aグループの形容詞と比較すれば、感情の表出が安易で説明的にならぬよう、配慮が求められるところである。

淋しくて毛布ぐるぐる巻きつける　（松村華菜）

皿一枚人恋しさが盛りきれぬ　（松村華菜）

「おんなの炎」のほとばしりを息苦しいほど伝えている。

韻文の原点とは？

◆言葉を呼び覚ます「心の動き」

川柳に文法の力、つまり「文法力」が必要なのは言うまでもない。文法を無視して韻文は成り立たぬ。と言うより、創作活動そのものに言葉の決まりは欠かせない。当然であろう。

要するに漢字（わが国には音訓の別がある）や用字用語のリテラシー、古今東西の表現技巧を学びませんか、ということなのだ。アナタの作句力・表現力・鑑賞力に、大きなプラスになること請け合いである。

しかしながら、「文法力」だけで創作は出来ない。これまた当然であろう。言葉に関するリテラシーの前に、言葉を呼び覚ます「心の動き」こそが肝要だ。

心の動きは、感動・発見・見つけ・喜怒哀楽と言い替えてもよい。心の動きナシの着

飾った言葉の羅列は、たとえ表面的には美しく見えようとも、その中身は虚しいものに違いない。昨今、そんな作品が増えているようにも思われるが、川柳発展のためにも哀しいことである。

◆韻文の原点は「感動」

韻文の原点は「感動」。改めてそう感じた。というのは、次なる短歌を読んだからである。

日本史の講義で熟睡してる間に何百年も時代がすぎる
（文化女子大学附属杉並高等学校三年　廣田涼子）

厳しかった部活動を引退し母さんまでも気が抜けている
（県立浦和東高等学校三年　中山貴晴）

「せんぱい」と初めて呼ばれた練習日今ではすっかり「先輩」してる
（福山暁の星女子中学校二年　佐野裕子）

チョークの字筆圧あつくて消しにくい伝わってくる教師の情熱

好きですとメールで届く告白文直接言えよ草食男子
（広島新庄高等学校一年　川上侑亮）
（横浜平沼高等学校三年　曽田夏希）

いやはや楽しい。理屈ヌキに面白い。
右の出典は、東洋大学創立一二五周年記念現代学生百人一首『伝えあうこころ～かさなるいろ、かさなる想い』。東洋大学が現代学生百人一首の企画を始めてから二十五年余。これまでにナント一〇〇万首を超える短歌が集まったというからオドロキだ。
一方、川柳も負けていない。

観音の手も間に合わぬ願い事　（菅　伸明　愛媛・新居浜南高校）
イヤホンに孤独を封じる人見知り　（藤田恭士　徳島・阿南工業高等専門学校）
おぼれてる？これが私のクロールだ　（毎田知美　山口・防府商工高校）
理系だけど雲に乗れると思ってる　（佐藤　諒　高知・高知工専）
身の回りみんなカップル四面楚歌　（板東和希　徳島・小松島高校）

こちらは四国大学の『青春川柳作品集』よりの出典。この青春川柳コンクールの歴史はまだ一〇年ほどらしいが、佳句がどんどん見つかる。今後の発展に期待したい。

それにしても、なぜ学生の詩は面白いのだろうか。どうして子どもの発見は興味深いのか。

ズバリ、それは生きているからである。いきいきと生活しているから、生きた韻文が生まれるのだ。生きていればこそ、生きた言葉を必要とする。生きた感動を適切な言葉に表現しようとすればこそ、文法力も含めた言語リテラシーが必要になってくるのである。

その意味で、我々川柳人も（身体的にはともかく）若々しく生きていきたいものである。

第二章 知らないと損をする川柳の超テクニック

——句の止め方・リズム・文字表記

句の止め方、止めの形

「連用形で止めると、句が軽くなる」。

ある句会の席上、伊藤正紀氏が横にいた筆者にこう教えてくれた。もう三十年くらい前の話だったか。正紀氏と言えば、自他ともに認める関東の達吟家である。氏からは、「どうして連用止めにすると句が軽くなるか？」という説明は聞かれなかったが、この指摘は正しい。

◆高位入賞句に多い終止形止め

その伊藤正紀氏の代表句の一つに、次の作品がある。

祈ることばかりで母は老い給う　（伊藤正紀）

（平成元年第十三回全日本川柳長崎大会、文部大臣奨励賞受賞作品）

この「給う」は、動詞の終止形である。口語文法で説明すれば、ワ行五段活用の終止形。終止形は言い切りの形。安心感というか、落ちつきが感じられる。収まりがよいのである。

加えてこの「給う」。本来は、古語の「給ふ」であり「賜ふ」だ。古典（文語）文法で説明するならば、他の動詞の連用形に付いて、「お…なさる」「お…になる」という尊敬の意を表わす。活用はハ行四段活用。

活用語の終止形であることに加えて、古語（雅語）を用いたことが、この句の品位を高めている。「祈ることばかり」の老いた母親への尊敬のまなざしに、選者の先生方も共感を覚えたに違いない。まさしく文部大臣奨励賞にふさわしい作品であろう。

ちなみに、この年の大会賞受賞作は、二作品を除いてみんな体言止め・終止形止めであった。

いつかいつかと男は飽きず樹に登る　（須田尚美）
人間の鎖へ問わぬ皮膚の色　（寺本隆満）
再会のドラマを時刻表が書く　（松岡葉路）
雲海を歩いてみたい空の旅　（松添拮也）
爪楊枝少しボラれたなと思う　（田岡千里）

母に似た人が売ってる旅の店　(野田官次)
慟哭の孤児再会の墓碑を抱く　(綿屋冨美子)
神のみ手つなぐ命はひとつだけ　(勝盛青章)　※「だけ」は副助詞
ハミングが団地の窓に干してある　(田中　伯)
生き生きとしている妻の旅仕度　(嶋　儀一)
妻の祈りの中で男は火を潜る　(永石珠子)
切り捨てる事も覚えた男みち　(根本冬魚)

見事に、体言止めと終止形止めのオンパレードである。やはり、大会高位入賞句には落ちつきや安定感が求められるのかも知れない。

◆軽いタッチは連用止めで

同大会で連用止めの作品が一句だけあった。

背丈より高いケーキでもう別れ　(飯島夢せ)

「別れ」は連用形である。口語文法で説明すれば、ラ行下一段活用の動詞「別れる」の連用形。

もっともこの作品は、音数の関係で「別れる」という終止形にはしづらかった（＝字余りになる）という事情もあろう。しかしながら、正紀氏に倣《なら》って古文調に「別る」と終止形止めにすることも可能ではあった。古典文法で「別る」はラ行下二段活用。「れ・れ・る・るる・るれ・れよ」と活用する。したがって、その終止形は「別れる」ではなく「別《わか》る」。「もう別る」と五音に収まることは収まる。しかし、である。

背丈より高いケーキでもう別る

こんな風に改作をしたら、作者からも読者からも大ブーイングを受けることは必定。モチロンこれは改悪。改悪そのものだからだ。

飯島夢世作品の長所は、連用止めの軽いタッチにある。「おいおい、あんなに派手な結婚式を挙げたのに、もう別れちまったのかよ」という声が聞こえてきそうな、そんな軽妙な言い回しがこの作品の命なのだ。

終止形で止めるか、はたまた連用止めか。下五の止め方にお迷いの方々のご参考になれば幸いである。

連用止めも含めて、軽妙なタッチの作品にもう少し高い評価が与えられてもよいのではなかろうか。そのような願いをかねてから抱いている。

◆連用止めの句はなぜ軽い？

「連用形で止めると、どうして句が軽くなるのか？」

この答えは、筆者の不明にしてどの書物にも書かれていない。しかし、文法講座の講師としては分からないでは済まされぬ。

そこで一つの解答例を申し上げる。

連用形とは、文字どおり用言に連なる形である。用言とは、動詞・形容詞・形容動詞のことで、動作・作用・存在の有無・状態・様子・性質などを表す。その用言に続くということは、文がそこで終わらないということ。つまり、次の単語が待ち構えているということになる。

その待ち構えている単語が用言で、用言は自立語で活用があり、単独で述語になる。用言に叙述性があると言われる所以である。

叙述性のある単語（＝用言）が、連用形の次に控えているのが連用止めだ。ならば、その連用止めで終わった場合、叙述性のある次の単語が待ち構えている状態になるのは理の当然である。

「叙述性のある次の単語が待ち構えている状態」は、文章としてはいささか落ちつきに欠ける。例えれば、腰の浮いた状態で次の叙述を待つことになる、と言えば分かりやすいだろうか。連用止めの作品を紹介しよう。

美女をふり返れば美女もふり返り　（大木俊秀）
名物を聞けばゆるキャラ教えられ　（夏田素直）
（平成25年度、第五回「旅の日川柳」大賞作品）
原稿を多重債務のように溜め　（江畑哲男）

◆体言止めの落ちつき・風格

軽いタッチの連用止めとは反対に、落ちついた終わり方をするのが体言止めである。体言止めが余韻・余情をもたらすことはよく知られている。述語が省略されることもしばしばで、それゆえに文が引き締まる・歯切れが良くなる、といった副次的効果も期待できる。

川柳入門の方には、迷ったら体言止めにすべしと筆者はオススメをしている。作句に破綻がなく、「＋α（余韻・余情）」と来れば言うことはなかろう。

> **参考**
> 「三夕《さんせき》の歌」もすべて体言止め
> **さびしさはその色としもなかりけり槙《まき》立つ山の秋の夕暮**（寂蓮法師）
> **心なき身にもあはれは知られけり鴫《しぎ》立つ沢の秋の夕暮**（西行法師）
> **見わたせば花も紅葉《もみぢ》もなかりけり浦の苫屋《とまや》の秋の夕暮**（藤原定家）

短歌ばかりではモチロンない。古今東西の川柳名句に体言止めが多いことは言うまでもない。ここでは、最近の大賞受賞作から体言止めの例を拾ってみる。

弛んでるほうが切れない赤い糸（佐藤千四）
（第20回「とうかつユーモア賞」大賞受賞作品）

燃えるものあって独りのユートピア（宮内みの里）
（平成24年度川柳研究社年度賞正賞受賞作品）

◆作品にふさわしい止め方それぞれ——●

これまで、連用止め・終止形止め・体言止めと追いかけてきたので、既出の止め方も含めて、その総まとめとさせていただこう。

先人の句を調べてみたら、改めてサスガだと感じた。それぞれの作品にふさわしい止め方を選択しているからである。終止形で止めては自然な味わいを醸し出し、連用止めの軽さ、体言止めの余韻・余情と、日本語の奥深さを存分に演出してくれている。

言い切る形の終止形止め

二合では多いと二合飲んで寝る　（村田周魚）

弱い子に弱いと言わぬことにする　（椙元紋太）

軽いタッチの連用止め

寒うおまんなあと芸者も年をとり　（麻生路郎）

それがしも拙者も英語アイで足り　（神谷娯舎亭）

体言止めの余韻・余情

本当のことを言うのに要る勇気　（前田雀郎）

ゆく秋を子なし夫婦の旅鞄　（近江砂人）

◆きわめて稀な連体止めの例

「連体止め」をご存じであろうか。連体止めとは、連体形、すなわち体言（名詞）に連なる形で止めることだ。この連体止めは、体言止めとほぼ同じ効果をもたらす。すなわち余韻・余情を生むのである。

口語文法の場合、連体止めはきわめて稀である。どうしてかと言えば、終止形と連体形が（形容動詞と一部助動詞を除いて）同じ形になるからだ。同形だから、終止形と連体形を見分けることは困難だ。したがって、連体止めは口語文法を基調とする川柳では、原則的には存在しないことになる。

しかし、そのわずかな可能性を筆者は見いだした。

老来《ろうらい》の妻に黙すること多き　（三浦太郎丸）

「多き」は文語の形容詞「多し」の連体形。「老来」の語と併せて、深みのある作品となっている。

子も成人亭主が二人いるような　（布施サチコ）

「ような」は、比況（たとえ）を表す口語の助動詞「ようだ」の連体形。「ようだ」（終止形止め）よりもこっちの方が断然面白い。

採血採尿涙は誰も採りに来ぬ　（今川乱魚）

この「ぬ」は文語の打ち消しを表す助動詞「ず」の連体形と解釈したいところだ。したがって、連体止めの作品としてご記憶願おう。

はんぶんとはんぶんひとつにはなれぬ　（なかはられいこ）

乱魚氏の作品と同様の文末だが、こちらの解釈は二つに分かれる。いずれも打ち消しの助動詞ではあるのだが、文語と考えれば連体形、口語ととれば終止形になる。このあたりが文法解釈の難しいところだ。

◆止め方アラカルト

さてさて、止め方のいろいろを列挙して締めくくる。

はずみ過ぎた毬だと思う恥ずかしさ　（佐伯みどり）

形容詞「恥ずかしい」の語幹に、名詞を作る接尾語「さ」が付いている。これも立派な体言止めだ。

もらうものもらえば用のない実家　（藤井幸子）

体言止めの外連《けれん》味の無さがかえって笑わせる。

子の背丈親の威厳の上にあり　（大木義治）

この場合の「あり」はレッキとした文語の終止形。

雨の酒逢いたい人はみな遠し　（斎藤大雄）

こちらも、文語の形容詞「遠し」の終止形。こういう場合は文語がよい。

七五三終わってもとのガキになり　（岩　太郎）

「ガキ」とマッチするのは、やはり軽い軽い連用止めであろう。

ふところにお金があってよくしゃべり　（須崎豆秋）

この連用止めもウキウキ感がよく出ている。

学割りのがめつさ何でも見ておこう　（神谷娯舎亭）

動詞の未然形＋意志（or勧誘）の助動詞「う」の終止形。こういう終わり方もユニークだ。

活用語以外の止め方は次の通り。

飾りじゃないよ女もパセリも　（川上富湖）

並立を表す副助詞の「も」。「女」と「パセリ」を並べたところに、作者の主張を感じとることができる。

うるさいのは世間ではなくお前だよ　（酒井駒人）

おっと。「よ」（強調の副助詞）で決まった！

二階から一日おりず詩人とか　（西尾　栞）

格助詞「と」＋副助詞「か」。不確実な想像または伝聞を表すのだが、この場合はやや突き放した言い方になっていて、批判めいた響きが感じられる。

戒名を値切る訳にはいくまいて　（江畑哲男）

「て」は接続助詞。順接ではない。単純な接続と解釈して欲しい。「て」の次は、当然何かの単語につながる訳だから、連用止めよりもさらに不安定な止め方（実際は止めていない！）になる。その不安定さ・不自然さが逆にこの句の持ち味とご鑑賞召され。

拍（モーラ）の数え方

川柳は五・七・五のリズムを基本とする、定型詩の一種である。まずは、この五・七・五のリズムを大切にすべし。少なくとも、初心のうちは五・七・五の定型を踏み外さないようにしたい。定型に厳格な指導者や吟社においては、「五・七・五以外は川柳ではない」と主張されている向きもあるようだ。

いずれにしろ、定型が大切なのは言うまでもない。定型とは、上句が五拍、中句七拍、下句五拍の、十七拍で構成されている場合を言う。

◆かな一文字＝一拍、日本語の数え方の原則

では、その五・七・五という数え方はどうなっているのだろうか？

日本語の音拍数の数え方は、きわめて単純である。

かな一文字を一拍と数える。これが大原則。

「あめ」＝二拍
「さくら」＝三拍
「よこはま」＝四拍

では、促音の「っ」、撥音の「ん」、長音の「ー」は、どのように数えるのか？　答えはいずれも同じ。一字を一拍で数えればよい。

「切手」は「き・っ・て」で三拍
「新聞」は「し・ん・ぶ・ん」で四拍
「キーワード」は「キ・ー・ワ・ー・ド」で五拍

ただし、例外に「拗音」がある。
拗音は、「きゃ」「きゅ」「きょ」のように、かな二字で書き表されるが、二字を一拍でカウントする。したがって、「チョコレート」は、「チョ・コ・レ・ー・ト」で五拍。以前流行した「じぇじぇじぇ」は、六文字も使っているが「じぇ・じぇ・じぇ」の三拍だ。
拗音を除いた、促音・撥音・長音は「特殊拍」と呼ばれることがある。この特殊拍を他の自立拍と同じ長さ（一拍）で扱うということが、外国人にはなかなか馴染みにくい。馴染めないと同時に、「特殊拍」を一拍で発音するという芸当ができないのだ。

「来てください」、「聞いてください」、「切手(きって)ください」が、いずれも「キテクダサイ」という発音になってしまう。

二〇二〇年五輪の開催地決定の瞬間を覚えておられるだろうか。IOCのロゲ会長は、「TOKYO　2020」と書かれたボードを裏返して発表した。その発音は、「ト・キョ」であった。

日本人ならば、ここは「と・う・きょ・う」と発音する。文字上ではハッキリしないが、「と・う・きょ・う」には長音が含まれている。その長音を一拍としてアナウンスするところなのだが、欧米人のロゲ会長には難しかったようだ。

◆「拍」で数えたい日本語

ここまで、五・七・五を五拍・七拍・五拍の計十七拍と解説してきた。これまでの川柳入門書や解説書では、「十七拍」ではなく、「十七文字」とか「十七音」と呼んできたはずである。五・七・五という数え方は、「文字」「音数」「字数」「音節」といった単語で呼び慣わしてきた。

そうした呼称を、筆者はここで「拍」と言い変えている。無論これには理由がある。

「拍」とは、言語学上の「モーラ」を意味する日本語として提出させていただいた。

『川柳総合大辞典』（尾藤三柳監修・尾藤一泉編、雄山閣）第三巻「用語編」を参照すると、「音節」という単語を用いている。同著の「定型」を引用してみよう。

〈**定型**【形式用語】一定の形式、伝統的な約束。これに拠った詩歌を定型詩と呼び、前句附けの附け句が独立して一体をなした川柳もその一種。一般に「五・七・五」とか「十七音」と呼ばれ、5音節と7音節のフレーズを交互に三つ重ねて、五・七・五となり、全体では十七音節になるのが基本的な構成。……〉（傍点引用者）

この場合「音節」という用語は適切であろうか？　言語学の立場から申せば、誤解を招きやすい使い方ではないのか。

今度は、『日本語学研究大事典』（飛田良文編著、明治書院）で、「音節」の項を引いてみよう。

〈**音節** syllable【意味】「渋」と発音するとき、シ・ブという二つの単位に区切ることができる。二つの音は等しい間隔で区切ることができる単位であり、調音に費やす時間もほぼ等しい。二モーラとも二音節とも数えることができる。類似の発音をする語に「新聞」がある。……「渋」は二モーラ二音節、「新聞」は四モーラ二音節である。モーラは音韻論的解釈によるため、区切りの単位は明確であるが、音節の区切りは上掲二定義（加藤正信説と服部四郎説、引用者）で見たように主観的かつ直感的であり、人によってさまざまである。……〉

大変込み入った引用で誠に恐縮である。要するに、モーラ（拍）とシラブル（音節）の数え方が食い違うケースがあるということである。

それゆえ、『川柳総合大辞典』の「音節」（シラブル）という呼称は適切ではない。「拍」（モーラ）という用語の方がふさわしいと筆者は思う。

> 川柳は「五拍・七拍・五拍のリズム」を基本とする、定型詩の一種である。

右のように定義をしたい。

こちらの方が、外来語の拍や休止符の扱いに触れる次項以降にも、合理的な説明ができると確信している。

◆日本語における「特殊拍」

このモーラとシラブルの違いはいささか専門的であるし、なかなか分かりづらいところだと思う。そこで、数多くの用例を示しながら改めて学習することとしたい。

まずは、モーラ（拍）とシラブル（音節）が同数になる例から掲げる。

例A
「ゆき」（雪）　＝2モーラ（拍）、2シラブル（音節）
「おとこ」（男）　＝3モーラ、3シラブル
「きたかぜ」（北風）　＝4モーラ、4シラブル
「お・も・て・な・し」　＝5モーラ、5シラブル
「アベノミクス」　＝6モーラ、6シラブル

ところが、次の単語になるとモーラ（拍）とシラブル（音節）の数に食い違いが生じてくる。

例B
「もん」（門） ＝2モーラ（拍）、1シラブル（音節）
「きって」（切手） ＝3モーラ、2シラブル
「せんりゅう」（川柳） ＝4モーラ、2シラブル
「ふなっしー」 ＝5モーラ、3シラブル
「オリンピック」 ＝6モーラ、4シラブル

「拍」（モーラ）という用語の方がふさわしいと筆者が指摘した理由がここにある。すなわち、モーラ（拍）とシラブル（音節）が食い違う場合があるので、「音節」という用語の使い方に疑問を呈したのである。

さて、例AとBの用例の違いにご注目いただこう。

Aグループの例にはなくて、Bグループに入れた単語に共通する音はお分かりだろうか。そう、撥音「ん」、促音「っ」、長音「ー」のいずれかがBグループには含まれている、その点である。撥音・促音・長音というのは、単独で音節を構成しない。その訳は、たとえば「ん」、「っ」、「ー」で始まる単語が基本的には存在しないということでもご理解いた

だけよう。

以上の「ん」「っ」「ー」を、「特殊拍」と呼ぶことがある。単独で音節を構成する「自立拍」に対する用語である。

一点補足する。長音は、「ー」（長音符、音引き）だけではない。「おとうさん」の「う」や「こおり（氷）」の「お」、「せんせい（先生）」の「い」など、表記上「ー」で書かれていないものも、長音に含まれる。直前の母音を伸ばした音である点は同じだからだ。

◆「特殊拍」を使用した冒険句

特殊拍（「ん」・「っ」・「ー」）で始まる単語は基本的には存在しない、と書いた。言語学で右のことを学んだ際に、特殊拍を使って川柳を創れないものか、と筆者は逆に考えた。一種のいたずら心であり、遊び心でもあった。そんな遊び心で創った作品が左記だ。

っていうかマイクコギャルにあしらわれ　（江畑哲男）

そう、上五「っていうか」が該当フレーズ。

「特殊拍で始まる単語は基本的には存在しない」にもかかわらず、この作品は川柳として成立する！　そのように考えている。

「っていうか」なるフレーズを、若い女の子が接続詞のように、枕詞のように使ってテレビのインタビューに答えていた、そんな場面を何度か見ているうちに創った川柳がコレだ。

上五の「っていうか」は立派に五拍を構成する。「っ・て・い・う・か」で五拍だ。「特殊拍（含む促音）で始まる単語は基本的には存在しない」にもかかわらず、促音は日本語の場合一拍で確かにカウントされる。そのあたりの「矛盾」を面白がった作品だ。

こんな「余談」も、日本語の「特殊拍」の理解につながれば幸いである。

◆ご都合主義的な川柳人の披講

これまでと「拍」なる概念を導入して、川柳のリズムを説明してきた。

例えば、次のような句は字数や音数での説明が可能であろうか？

ジ・エンド白人が勝つ物語　（岩井三窓）

答えは否、である。

字数や音数では、「四字」「四音」ということになってしまう。となると、「字足らず」だ。字足らずは、字余りよりもリズムが明らかに悪い。

しかしながら、私たちは習慣的に五・七・五のリズムで作品を読み上げようとする。そして実際、右の「ジ・エンド」もそのように読み上げている。

「ジ・エンド」。音楽符号を使って示すならば、「ジ𝄾エンド」。つまりは、表記上（文字の上）の「・」（中黒、中点、ポツ）は八分休符にこの場合当たる。

惻隠の情などはないF・F誌　（岩井三窓）

こちらは、「エフエフ（し）」と読み上げる。

表記上では、全く同一の「・」である。にもかかわらず、その「・」を、

①「ジ・エンド」では、八分休符に扱い、

②「F・F誌」では、無視している。すっ飛ばして読んでいる、のである。

いささか「ご都合主義」的な川柳人の披講《ひこう》（句会や大会の場で、選者が入選句を読み上げること）、と言えるのかも知れない。だが、ここが川柳（人）の面白いところでもある。

と、ここまで書いて故川俣喜猿氏の披講を思い起こした。

浦和には東西南北駅があり　（大戸和興）

上記作品の中句を、故喜猿氏はナント「とざいなんぼく」と読み上げたのである。平成八年十一月、つくばね川柳会七周年記念大会の席上（宿題「バランス」）であった。

国語的に言えば、「東西南北（とうざいなんぼく）」が正しい。「とうざいなんぼく」と読めば、五七五の中句が七拍ではなく八拍になり、いわゆる中八《なかはち》になる。

中八嫌いの喜猿氏は、披講する際に「東西南北（とうざいなんぼく）」と読むと、中八になる。それゆえ、この句は「とざいなんぼく」と読んで頂戴する、というお断りの一言を挟んだ。

おそらくは、中八を極端に嫌う関東の川柳人に対する気配りがあったものと思われる。喜猿氏の場合、「ご都合主義」というより「柔軟性」がある、と申し上げた方がふさわしいかも知れぬ。

改めて、川柳のリズムの基本は、五七五である。詩の対象は、人間と人間社会だ。これらに大きな変化はない。

一方、時代と人間は大きな転換期にさしかかっている。家族関係や人間関係、人間の感性も価値観も、多様化・複雑化している現実がある。それらを追い求めようとする川柳もまた、必然的に多彩で多面的で複雑にならざるを得ない。内容的にはモチロン、リズム面でも表記面でも然りだ。理の当然であろう。

したがって、さまざまな角度や切り口からの分析が必要にもなってきている。五七五と指を折って、説明するだけでは済まされないだけの変化が、川柳の表現世界に生まれてきた。現に生じてきたし、これからもどんどん発生してくるに違いない。

◆四音なのに五拍の定型感

ジ・エンド白人が勝つ物語　（岩井三窓）

先の例に挙げた「ジ・エンド」。音としては四音なのに、五拍の定型感がある。「ジ・エンド」の「・」の部分を八分休符と解釈して説明をしていったが、専門家に聞けば、この八分休符を一拍分のモーラと呼ぶには、多少の無理と躊躇があるらしい。

ある言語学者は次のように教示してくれた。

〈「モーラ」「音節」はあくまで語の長さを数えるもの。したがって、「ジ・エンド」のようなものは考察対象にはなりにくい。「・」は休止（ポーズ）を表したものでしょう。あえて言うならば、「1モーラ分の休止が入る（ことがある）」〉

専門的立場からのご教示は有難いものである。しかしながら、「1モーラ分の休止が入る(ことがある)」という仰り方。筆者としては、その解釈で充分なのである。「拍」の考え方を導入した背景には、休止拍も考慮に入れての提案であったのだから。

（江畑哲男）

校内暴力教師不信の目・目・目

一九八〇年代の作品。校内暴力が吹き荒れた当時の実感句だ。

右作品の拍は「八・七・五」である。上五は字余りだが、中七・下五は定型である。

なぜか?「・」の部分は、「八分休符」であり、そこに「1モーラ分の休止が入る」からである。実際、音楽的に解析すれば、そのような披講になることは間違いなかろう。

川柳の多くは句会で投句され、発表される。短歌や俳句と比べると、川柳の場合は耳で鑑賞する機会と要素が多いようだ。関東の句会を中心に中八にウルサイという特徴も、聴覚的（音楽的）要素を大切にしているからに違いない。（ウルサイ割りに、文字表記のみにとらわれ、指を折って数えるという説明だけに終始しているのはいただけないが、ここでの深追いは避ける。）

◆カタカナ語、読みの振幅

話題は全く変わる。

平成二十五年十一月、キャロライン・ケネディ駐日米大使が笑顔とともに着任した。

ところで、ケネディ大使の「ケネディ」は何拍なのか?

文字表記から言えば、三拍のはずである。しかし、マスコミも私たちも、どうやら「ケネディー」と発音している。興味深いのは、同じ拗音の「キャロライン」の「キャ」は二字一拍なのに、「ケネディ」は、二字二拍になっている。

外来語の多くはカタカナで表記される。外来語、とりわけ欧米の言語は、シラブル（音節）とモーラ（拍）に一部差違があり、原語をカタカナという日本語の文字表記に直す場合、一定の齟齬が生じるのは当然と言えば当然である。

ケネディ以外にも、ダンディ、トレンディ、ブレンディ、コメディ、レディ、エディ（宗教家）、ガウディ（建築家）、など、「ー」（音引き）を入れる入れないで迷わされる単語も少なくない。

日本語的には「ダンディー」であり、欧米語的には「ダンディ」が原語に近い。ちなみに、桑田佳祐の歌は「真夜中のダンディー」。タレントは「ダンディ坂野」と称している。

「ディ」ばかりではない。カタカナ語の拍数と表記には振幅というか、柔軟性がある。「ファン」「フアン」「フィルム」「フイルム」といった具合であり、「グァム」「コンピュータ(ー)」などの表記と発音にも、振幅が存在する。

周りのカタカナ語の表記はどうなっているか、気をつけてご覧いただきたい。

ドンファンあっという間にキスをする　(岩井三窓)
エレベーターの中で寸志を開けてみる　(米島暁子)

なお、この項では「拍」という呼称で統一してきたが、一般的には「音」で通っているため、混乱のないよう、それ以外では「音」を使用している。あらかじめ断っておきたい。

日本語の表記

◆三種類以上の文字表記

私たち日本人は大変豊かな文字表記を持っている。漢字・カタカナ・ひらがな、これらに加えてアルファベットや数字・略名・略語などを日常的に利用して日本語を書き表している。

世界中どこを探しても、こんなに豊かな文字表記を有する民族はない。

「オバケのQ太郎」を見よ。

「オバケ」はカタカナ。「の」はひらがな。「太郎」という漢字に「Q」というアルファベットまで混ぜて、ロゴのような趣さえ漂わせる書き表し方になっているではないか。

新聞を開けば、「米独首脳、対露追加制裁へ」という見出しが躍る。「米」「独」「露」で三つの国名を表し、動詞を使わなくても「へ」という助詞一つで文意が通じる。

日本語というのはスゴイ言語である。改めてそう思う。英文にしたら、さぞ大量の英単語が必要であろうと想像される。

他にも、「STAP細胞とコピペ論文」、「田中将大はMLBでトップ5に入る」『モンスターだ』by韓国人」といった具合である。

ご先祖様から伝えいただいた、日本語の豊かな文字表記を活かさない手はあるまい。

六十年まだ広島はヒロシマで（川上大輪）

うつ病と診断されてからの鬱（淡路獏眠）

「広島」と「ヒロシマ」、「うつ」と「鬱」。説明は不要であろう。

◆言語表記、普通は一種類の文字

私たちは日ごろ、漢字・カタカナ・ひらがなという三種類（＋α）の文字を使って日本語を書き表している。私たちにとってはごくごく普通でありふれた日常なのだが、じつは大変贅沢なことなのである。

というのは、世界には三〇〇〇～五〇〇〇種類の言語が存在すると言われている。右のうち、文字を持っている言語と持っていない言語とを比べると、文字を持っていない言語の方が圧倒的に多い。世界中に存在する言語が三〇〇〇〜五〇〇〇なる数え方はきわめてアバウトに聞こえてしまうが、それは文字を持たない言語が多いことに起因している。

その文字を有する言語にあっても、大概は一種類の文字しか持っていない。アルファベットとか、漢字とか、ハングルとか、……。「一種類の文字しか持っていない」と書いてしまったが、文字は一種類あれば用が足りる。それで通常困るということはない。

その一種類の文字は、「表音文字」と「表意文字」とに大別される。

アルファベットやハングルは「表音文字」と呼ばれている。表音文字とは、「ことばを音声の面から分析して、その一つ一つの音声に対応させた文字。一字一字は音を表わすだけで、特定の意味を表わさない。」（小学館『精選版　日本国語大辞典』）。

表音文字に対して、漢字は「表意文字」と呼ばれる。表意文字とは、「ことばを主として意味の面からとらえて、一定の意味をもつ語のそれぞれに対応させた文字。」（同）。

しからば、日本語はどうか。

漢字は表意文字であり、ひらがな・カタカナは表音文字である。日本語は、この表意文字と表音文字の違った二種類が組み合わさって表記されている。

これは、驚くべきことなのだ。私たちは三種類の文字を残したご先祖様に感謝しても感謝しきれない。それほど豊かな財産をいただいているのである。

なぜなら、皆さんも経験がおありであろうが、一種類の文字表記は、見分けづらいし分別がしづらいからである。

◆漢字の表意性

表音文字と表意文字とをミックスさせて書き表す日本語が、いかに豊かで贅沢で伝達性に富んでいるのかを引き続いて述べていきたい。

音声面から言えば、日本語は単純である。日本語の単語は、すべて音の組み合わせで構成されている。「音」さえ聞き取れれば、その「音」の書き方さえマスターすれば、日本語は容易に何でも書き表すことが出来る。

「あ・め」と聞こえれば、「あ」「め」と書けばよい。以下、「やま」「トマト」「かつしか」といった具合。表音文字たるひらがなやカタカナを用いて、書き表せばよいのである。

対して、漢字は表意文字。同じ「あめ」でも、「雨」と「飴」とでは違う。文脈によっては、「天」や「編め」と書き表す場合もあろう。

音声的には同じ「あめ」だが、漢字表記の「雨」「飴」では異なる内容を指し示す。表意文字と呼ばれる所以である。もう少し正確に言うならば、発音を表すと同時に意味をも表す記号が漢字なのだ。

漢字の表意性については、名著『日本語の特質』（金田一春彦、ＮＨＫブックス）が、その利点を次のように整理している。
①インパクトの強さ
文字自体が意味を示しているのだから、受け手にその意図をダイレクトに伝えることができる。

例えば、トラックの「危」の表示。すぐ理解できる。これを「あぶない」とか「abunai」と表音文字で書いた場合、「読み」から「意味」への思考の移行が必要になる。一工程手間を余計にかけないと、理解につながらないという訳なのだ。
②漢字は意味を表すので、時には読めなくても用をなす。
その例として、野球の打撃成績表を挙げる。

「打」「得」「安」「点」「振」「球」。

求人広告もしかり。

「高卒　年32迄　固給20万　歴持　細面」。

「歴持」は「履歴書持参」を表し、「細面」は「ほそおもて」ではなく（笑）、「委細面談」の意味だと理解できる。漢字には表意性があり、表意性ゆえにこのような大胆な省略もＯＫなのだ。

③新語を創る働き

ここでは、「会社」を挙げている。

そもそも「会社」という熟語自体、明治の開明期に日本で発明された新漢語である。

その会社の意味で「社」を使うと、別記のように次々と新たな意味を付加した熟語が可能になる。

社＝出社、来社、帰社、在社、本社、貴社、当社、弊社、社内、社告、……。

漢字の底力が改めて実感できる。

◆和製漢語の計り知れない功績

幕末から明治にかけての開明期に、新しい文物や概念を漢語に翻訳して普及させたことは、日本人のすばらしい発明であり創作であった。主として二字の熟語に翻訳して新しい概念を表そうとしたのである。こうした訳語のおかげで、日本の近代化が飛躍的に前進したのだとすれば、近代化の功労者の一人は和製漢語だと言っても過言ではない。日本がアジア諸国のなかで、西欧列強による植民地化を奇跡的に免れた遠因にもなった。

和製漢語（日本で創られた漢語）

「現代」「社会」「政治」「法律」「産業」「建築」「交通」「通信」「政府」「官庁」「官吏」「議会」「議案」「行政」「選挙」「投票」「会社」「企業」「銀行」「信託」「証券」「不動産」「金融」「鉄道」「線路」「汽車」「電車」「自転車」「道路」「航空」「運動」「競技」「体育」「陸上」「野球」「庭球」「選手」「審判」「投手」「捕手」「打者」「走者」「一塁」「盗塁」「安打」……。

その数、数万語に及ぶという（高島俊男『漢字と日本人』文春新書）。右に関わった明六社の人々（福澤諭吉や西周など）の功績は計り知れない。

これらの和製漢語は、日本の近代化のみならず、逆輸入されて大陸の開明化・近代化にも大いに貢献した。和製漢語は、中国大陸の現支配者たる中国共産党にも引き継がれている。さらには、同じ漢字文化圏である（あった）台湾、朝鮮半島、ベトナムでも和製漢語を自国語の漢字音で取り入れることによって、その近代化にも同様の好影響を与えた。

中国大陸は依然として中国共産党の独裁体制が続いているが、そもそも中華人民共和国の「人民」や「共和国」という熟語自体が和製漢語なのだ。歴史というのは時に皮肉な演出をするものだと思うと、なかなか興味深い。

『新潮日本語漢字辞典』（平成十九年刊）を企画・執筆・編纂した辞書編集者の小駒勝美氏は、『漢字は日本語である』（新潮新書）という、主張そのままのタイトルを付けた新書も刊行している。

それによれば、「漢字のルーツはたしかに中国」だが、「現在、日本で使われている漢字は、長い歳月を経て、さまざまな日本式改良を施されたわが国独自のものである」と言い切る。

「中国にはない訓読を駆使し、送り仮名という画期的な発明を加え、見事に日本語のなかに組み入れたのは、まぎれもなく日本の英知なのである。さらには、和製熟語を作り出して漢字の利用範囲を広げた」という。そうした偉業を指して、「漢字は日本語である」と主張しているのだ。

◆音読み・訓読みの実際

漢字の参考書を開くと、音読みと訓読みの比較対照表が大概提示されている。

次頁の表を見れば、音読み・訓読みと言っても一種類ではないことがお分かりかと思う。音読みは、時代や地域によって音が異なっていたし、訓読みにも大いになる知恵と工夫を必要とした。

次に示すのは、その解説である。

〈漢字の読み方には、音と訓の二つがある。「音」とは中国から伝わった漢字の発音をまねて日本風にしたものであり、「訓」とは漢字の意味に日本語を当てたものである。〉

右の解説は間違いではない。

間違ってはいないのだが、文字を獲得するに至った努力と苦闘は、この文からは読みとれない。読者は、あたかも音訓の読みがあらかじめ存在していたかのように誤解してしまいかねない。

読み	種類	解説	例
〈音読み〉	呉音	五・六世紀頃までに朝鮮半島経由で伝わった南北朝時代の呉の地方（長江下流域）の音。仏典の読みに多い。	東京・行列 頭痛・経文
	漢音	随・唐（六世紀末〜九世紀）になって、都が長安・洛陽に移ってから、日本の遣隋使・遣唐使などによって伝えられた長安・洛陽地方の音。	京浜・孝行 頭髪・経営
	唐宋音	鎌倉・室町時代に禅僧や商人などによって伝えられた宋代以降の中国音。	南京・行宮 饅頭・看経
〈訓読み〉	正訓	漢字本来の意味に訳語としてそのままの大和言葉を当てて読んだもの。	山川《やまかわ》 月日《つきひ》・天地《あめつち》
	義訓	中国から伝わった熟語に、全体の意味からそれに当たる大和言葉を当てて読んだもの。	七夕《たなばた》・東風《こち》 百足《むかで》・雪崩《なだれ》

（『常用国語便覧』浜島書店）

◆音を模し、訓を当てはめるという英知

事実はモチロンそうではない。音読み・訓読みというのは、先人の奇想天外ともいうべきアイデアと難行苦行の努力の上に完成されたものであったのだ。その苦闘と偉業の一部を私たちはここで思い起こしたい。

音訓は、大陸で発明された文字記号の音を真似し、のみならずその文字記号に対応する和語を一つ一つ当てはめていった。

仰天すべき着想だ。

ある研究者は、英単語で言えば、「mountain」と書いて「マウンテン」と聴き、「やま」なる和語を読みに加えたに等しい、と解説する。

だとすれば、やっぱり奇想天外！

訓読では、「登ルレ山ニ」を「山ニ登ル」と日本風に読む方法を編み出した。

このデンで言うならば、英文の

「climb《のぼ》ルレ mountain《やま》ニ」は、

「mountain《やま》ニ climb《のぼ》ル」

と「英文訓読」したことになるのだろうか。

音読みは、どうなるか。

「card《ふだ》」の音読みは、「カード」（英語読み）・「カルタ」（ポルトガル語読み）・「カルテ」（独語読み）と、同源単語の読みをすべて採り入れてしまったということか。

右の喩えが言語学的に的を射ているかどうかいささか不安だが、その発想たるや驚嘆すべき事実には違いない。

こうした先人の偉業から見れば、今どきの子どもの名前（いわゆるキラキラネーム）はやはり問題と言わざるを得ない。漢字文化への冒瀆と言っても過言ではなかろう。多少差し障りがあるかも知れないが、正しい音訓に従ったネーミングを、少なくとも川柳人の家族にはして欲しいと願っている。

クイズかと勘違いする子供の名　（東條　勉）

◆多様で意欲的な表記　俳句の場合

日本語は、世界で最も豊かな言語である。

日本語の豊かさを活かす文芸は、短歌でも俳句でもない。川柳だと確信している。

季語も切れ字も必要とせず、日常の話し言葉を用いて森羅万象を自由闊達に詠める文芸は、川柳を措いて他にない。「季語も切れ字も必要とせず」と書いたが、逆に使ってもモチロン構わない。こういった変幻自在なところも川柳の魅力だ。

さて、最近興味深い本が出版された。俳句の側から、日本語の表記の豊かさに触れている。

『ゼロから始める俳句入門』（大高翔監修、メディアファクトリー、二〇一四年七月刊）がそれである。監修者の大高翔氏は、ナント昭和五十二年生まれ。この若い俳人の意欲的な著書から学ぶことは多かった。

ご紹介したいのは、「第五章・推敲」の「lesson 4表記のチェック」の項。読者に対して、「視覚が与える印象を意識して、表記に工夫を施す」よう、推敲を促している。掲げられている「様々な表記の例」をご覧いただこう。

▽すべて漢字の作例

山又山山桜又山桜　（阿波野青畝）

▽すべて平仮名の作例

をりとりてはらりとおもきすすきかな　（飯田蛇笏）

▽すべて片仮名の作例

ワガハイハカイミョウモナキススキカナ　（高浜虚子）

さらに「上達への道」なるコラムでは、「実はローマ字や記号も使える」として、次の例句を挙げている。

▼数字や記号などを用いた句

5m×《かける》6m耕せり　（北柳あぶみ）

陽春のメの字書けば別れ文　（北柳あぶみ）

大高翔氏の「解説」にご注目いただきたい。

〈俳句の表記に、「これを使ってはいけない」という規則はない。算用数字やローマ字、「＋」「＝」「！」「？」などの記号も使っていいのである。実際に、これらを用いた新鮮な感覚の句もある。

ただし、目新しさや珍しさを追求するだけでは底の浅い句になる。……〉

「保守的」と思われていた俳句界から、こうした発言が飛び出しているのだ。（傍線、引用者）むろん俳句界の主流ではないかも知れぬ。しかしながら、例句を挙げて多彩な表記の可能性に言及した点は大いに評価したい。

翻って川柳界。自由闊達たるべき川柳界の方が、かえって「べからず集」を増やしてはいないか。そんな気がしてならない。

◆多様で意欲的な表記　川柳の場合――●

さて、筆者はかなり以前から日本語表記の豊かさに注目してきた。『ユニークとうかつ類題別秀句集』（江畑哲男編、新葉館出版、二〇〇七年刊）所収のエッセイ「ぜいたくな日本語①」では、次のように書いた。

〈多様な表記は多様な選択肢を生む。それだけ日本語は贅沢なのだ。人間を見つめ、日本語に精通する川柳作家としては、むしろこうした日本語表記の多様さ・複雑さを活かしてみてはどうだろうか。〉

いささか示唆的ではあるが、大高翔氏と同じことを述べている。その上で、日本語表記の豊かさを示す例句を、解説付きで掲げた。

チチキトクミナユルスカラスグカエレ　（谷　笙子）
オモイダシテ欲しくて夜のしゃぼん玉　（やすみりえ）
棘とげトゲ　もう教室に入れない　（江畑哲男）
WELCOME TO TOKYO　成田着麻薬　（岸本吟一）
恐山　石石石石　死死死　（川上三太郎）

拙著の解説部分は省略するが、川柳は俳句以上に多様で意欲的な表記が可能になるのだ。例句を挙げていけば、おそらく川柳の方が圧倒するに違いない。

川柳界では、さらに日本語表記の多様さ・贅沢さを活かした作品が出現している。ここに平成二十六年に出版された『無印笑品』（髙瀬霜石著、東奥日報社）がある。内容も表記も興味深い作品集である。ここではその表記に、多少の冒険心もあるのだろうか、多彩で意欲的かつ霜石流を貫く川柳が散見される。

ビビビビビ・ビビビビビビビ・ビートルズ
エーゴよりちと難しい津軽弁
もういいかい（死神）　まあだだよ（私）
M↓L↓LL　わたしの半世紀

上半身肉食下半身草食
雪・訃報・雪・訃報・雪・訃報・雪

◆効率的な日本語の表記

日本語の表記は特に奥が深い。しかしながら、表記の項だけでもこのあたりでまとめることにしよう。

『漢字を飼い慣らす』(犬飼隆、人文書館)という本では、日本語の表記がきわめて効率的であることを冒頭の第一章から述べている。

〈現代日本語の書記方法は漢字仮名混じりが基本である。この方法は非常に効率的である。単語の頭に漢字をあてて、語のはじまりと語の意味をあらわし、その後に仮名で活用語尾や助詞・助動詞を書いて、どのようによむ語であるかを確定する。文字の列を目で追っていくと、大小大小の繰り返しがおのずと単語単位の切れ・続きになる。〉

たしかにそうだ。

現代日本語は、主たる内容を漢字で書き表す。文法的に説明すれば、主語や述語に当たる単語である。対して、助詞や助動詞はひらがなで書き、細かなニュアンス・補助的な内容を伝えるように役割分担がなされている。

　したがって、新聞の見出しなどは大半が漢字で書き表される。

　具体的に見てみよう。

　「御嶽山噴火」「噴石で死亡9人」（讀賣H26・10／1日付け朝刊）、「大泣き2週連続V、錦織」（スポニチ10／6日付け）、といった具合だ。

　二紙の大見出しをご覧いただければ分かるように、ひらがなは（驚いたことに！）わずかに「で」・「き」の二字しか使用していない。

　ついでに、週刊誌・月刊誌類の見出しも調べてみた。

「『昭和天皇実録』の衝撃」（『文藝春秋』10月号）
「金持ち老後、貧乏老後」（『PRESIDENT』10／13号）
「国を貶めて新聞を売った『朝日』の罪と罰」（『週刊新潮』10／9号）
「『自分史上最高』の秋を撮る」（『アサヒカメラ』10月号）
「大坂の陣と秀頼の実像」（『歴史読本』11月号）
これが女性誌となると若干趣を異にする。
「Good Morning Room！　朝食のおいしい部屋」（『CREA』11月号）

英文の大見出しの後に、漢字かな混じり文の解説が付けられている。なかなかユニークである。

◆読みにくい交ぜ書き

漢字が戦後の民主化を阻害する封建的な遺物と見做された当用漢字の時代（昭和二十一年〜）は、使用する漢字に制限があったため、次のようなヘンテコリンな書き方をわざわざしなければならなかった。

Ⓐ**「天下を征服しては者になる！」**

「？？？」

本当は「覇者」と書きたいのだが、覇者の「覇」の字が当用漢字にない。そこで、仕方なく「は者」と書いたのである。

「天下を征服して、は者になる！」

「天下を征服しては、者（もの）になる？」

常用漢字の時代（昭和五十六年〜）になっても、変てこりんは続いた。

Ⓑ**「女子学生ら致される」**

これまた、「???」だ。

現代日本語の表記は、主たる内容を漢字（その多くが熟語）で書き表す。漢字は主たる内容の冒頭に来る。それが原則だ。従って、

「女子学生ら、致される」

と、読みたくなってしまう。当然であろう。

「致される」ってナンダ？という話になってしまうのだ。

例文ⒶやⒷのように、本来読みやすいはずの漢字かな混じり文表記が、交ぜ書きのために、かえって誤解を生む原因を作ってしまった。一単語の内部（「覇者」「拉致」）で、字種が統一されていないためである。

他に、「だ捕」（拿捕）、「と殺」（屠殺）、「末しょう神経」（末梢神経）等が以前から指摘されていた。

こうした日本語表記上の問題点は、当用漢字の廃止、常用漢字の設定（昭和五十六年〜）、同改訂（平成二十二年）と経て、「変梃（梃は常用漢字外）りん」は少しずつ改善されつつあるようだ。

効果的な川柳の表記法を探る

◆日本語の〝正解〟って？

言語には、ふつう「正書法」というものがある。

〈言語をどのように文字や記号で書き表すか、その基準と個々の語についての規則やそれをまとめたものを正書法という。〉（『日本語概説』沖森卓也編著、朝倉書店）

しかるに、日本語には「正書法」がない！

こう書いたら、二重にビックリされてしまうかも知れない。

と言うのは、「日本語に正書法がない」という指摘へのオドロキ。こうした指摘を、「文法にウルサイ」筆者がしていることの意外性。

そう、「漢字仮名交じり文を用いる」という原則以外には、「日本語には正書法がない」

のである。

明らかに間違っている書き方（＝「誤書法」？）はある。しかし、日本語の書き表し方には幅がある。ワンパターンではない。選択肢がある・自由度が高い、と書けば、ご理解いただけるだろうか。

◆自由度の高い日本語の表記

英語で猫は「cat」と綴る。大文字になったり書体が変わることはあっても、猫は「cat」と綴って、〔kæt〕と発音する。もし、他の綴り（「cut」とか「car」）であったら、その時は猫を意味しなくなる。

日本語の場合どうか。「猫」を「犬」と書いてはいけない。当たり前（笑）だ。しかし、「猫」はひらがなの「ねこ」、カタカナの「ネコ」と書いても許されるのである。場合によっては「neko」もOKだろう。ただし、「ネコ」を「コネ」と書いたら別の意味になる。間違いだ。

言語学で言う「日本語には正書法がない」とは、右のような内容を指す。要は、日本語の書き表し方には自由度が高い、ということなのだ。

しからば、「ねコ」や「ネこ」はどうか。？？？、限りなく誤用に近い。「ねko」や「neコ」は？ こんな書き方はおそらく許されまい。

ところで皆さんは、「二か月」をのように書いておられるだろうか？「二カ月」「二ヶ月」「二ヵ月」「二箇月」……、どの表記でもOKである。近頃では、漢字「二」でなく、算用数字「1」という表記が多くなっている。

ただし、「一月（いちがつ）」の場合はどうか。「一月」、もしくは「1月」と書くに違いない。これを「一月（ひとつき）」と読ませたい場合は、表記に悩んでしまう。前後関係で分かれば、一番手っ取り早いのだが、……。

◆文部科学省の「正書法」

だん〱と腹がへるのがおそくなる　（福田静世）

さる川柳教室で、筆者が選んだ佳句である。出席者の皆さんの共感を呼んだ句である。年齢を重ねていくと、こうした実感が生まれるのであろう。

ただし、右の表記。二カ所気になった。「〱」と、腹が「へる」「おそくなる」のかな表記だ。一応作者に確かめてみたところ、このままの表記の方がぴったりくる、とおっしゃる。ナルホド。そうかも知れないと、筆者も思い直した。モチロン、作品はそのままにして発表させていただいた。

このあたり、文部科学省の見解はどうなっているのだろうか。職業柄、「文部科学省用字用語例」を当たってみる。

〈……現行の国語施策として示されている「常用漢字表」「送り仮名の付け方」「現代仮名遣い」等は、当然のことながら、国民の言語生活全般を拘束するものではなく、また、それ以外のものが日本語としてすべて間違いであるとしているものではありません。しかし、社会生活を円滑に進めていくためには、法令・公用文書・新聞・雑誌・放送等の公共性の高い分野では、標準的な表記のための**目安やよりどころを定めておく必要があるというのが、国語施策の趣旨**です。

（地名・人名はこの限りではありません。また、科学、技術、芸術その他の各種専門分野や個々人の表記にまで及ぼそうとするものでもありません）。また、これを守るのは必ずしも「絶対的義務」ではありません。〉　（傍線・太字、引用者）

ほほ～っ、文部科学省って意外と柔軟なんだ！　と思った。

正書法のない日本語とは、言い換えれば日本語に与えられた自由度の恩恵のこと。この自由を、私たち川柳作家こそが活用していきたいものである。

拙稿はさらに続くので、今後とも「よろしくお願いいたします」。

おっと、

「よろしくお願いいたします」？

「宜しくお願いいたします」

「ヨロシクお願いいたします」

「宜敷御願い致します」、……。

皆さんだったら、どの表記を選ぶであろうか？

◆用字用語辞典の活用を

明らかな誤記・誤用はあるものの、日本語の書き表し方にはかなりの幅がある、自由度がある。

とは言っても、あんまり自分勝手に日本語を書かれたら、逆に混乱が生じてしまう。一応の「目安やよりどころ」は必要であろう。前項で、「文部科学省用字用語例」をご紹介した。要するに、日本語の基本は「漢字仮名交じり文を用いる」という一点なのである。

「漢字仮名交じり文」が基本だというのは分かる。だが実際に文章や川柳を書くときには、どう書き表したらよいのか？　いつもこの点が悩ましい。そう感じている方も少なくないのではなかろうか。

川柳作家の皆さんはさすがに手慣れたもので、多くの方が（電子）辞書を手に句箋に向かっている。生涯学習社会のすばらしい光景だと、筆者はいつも思う。

皆さんには、国語辞典と並べて用字用語辞典の類いを手許に置かれるよう、お勧めしたい。

国語辞典は単語の意味を調べるのによいが、単語の使い分けなどの際には食い足りず、行き届かない。こうした場合には、用字用語辞典の方がはるかに便利である。

例えば、「写る」と「映る」、「意思」と「意志」、「打つ」「討つ」「撃つ」のどれを使ったらよいのか？　皆さんも迷った経験がおありだろう。そんな使い方に迷ったときのための辞書、それが用字用語辞典なのだ。街の本屋さんで簡単に手に入り、種類も多くあるので、ぜひ手に取ってみてください。

（長根　尉）

日本語のプロで毎日辞書を引く

◆新聞社の「正書法」

新聞社では、用字用語の使用基準をそれぞれ独自に定めている。国語に関する公的機関の諸建議や報告を基本としつつも、時代の流れや情報機器の進歩、流行や感覚等々にも配慮しながら、一応の「目安やよりどころ」を決めている。

平成二十七年三月、『朝日新聞の用語の手引』が改訂された。前年の三月には、『読売新聞の用字用語の手引』が版を改めている。毎日新聞社やNHKにも同様の「正書法」があり、官公庁向けの用字用語辞典も出回っている。

新聞社では、ほぼ一〇年に一度くらい改訂を重ねているようだ。なぜか？ 要するに、時代に合わせて、読者のために、「読みやすく、分かりやすく、通じやすい」（朝日旧版「はじめに」）日本語にするためであろう。

こうした用字用語の改訂ラッシュに、川柳界でもさっそく反響があった。老舗の『番傘』誌が、平成二十七年六月号から「原則として洋数字にします」と高らかに宣言をしたのである。（『番傘』同年六月号「校閲ノート㉘」）

川柳雑誌の用字用語はともかく古い！ 三〇年以上、筆者はこの欠点を身近に感じてきた。高齢の編集者による執筆や校閲が原因であろうが、ほかにも古い辞書を後生大事に使うという、高齢世代ならではの価値観もあるものと秘かに睨んでいる。

あくまで一般論だが、高齢者の多い会の印刷物は漢字が多く、カタカナ・ひらがなが少ない。ましてや、イラストやアルファベットはほとんど採り入れられない。全体的にゆとりスペースが少なく、細かい活字でびっしりと紙面（誌面）が埋められている。

右のような現実を見せられると、この会は若い人を本気で招き入れようとしているのだろうか？という疑問さえ湧いてくる。もう少し、読みやすさ・分かりやすさ・親しみやすさを心がけてはどうだろうか。そうでないと、高齢化はますます進行するゾと、余計な心配をしてしまう。

まずは、雑誌の編集から見直そう。用字用語を工夫し、川柳界の外側へのアピール、とりわけ若い世代に響く誌面作りを検討してはどうだろうか。そんな提言もこの機会にさせていただきたい。

いずれにしろ、今回の『番傘』誌の用字用語改訂は英断である。読みやすくすること、親しみやすくすることは、読者に媚びることでは決してない。

川柳の魅力、充実したエッセイ、豊かな誌面をより多くの皆さんに、理解して貰おうとする努力の一環なのである。外部発信が下手だと評される川柳界。今回の決断が、外部発信への大きな転機になることを心から願っている。

◆新聞社の用字用語と、文芸の用字用語――•

ここまで「新聞社に倣って用字用語を改めたこと」を賞賛した。「読みやすく、分かりやすく、通じやすい」誌面にしようとする努力は、大切なことだからである。その上で、「他方で注意すべき点が存在する」とも付け加えておいた。

次はその辺りから考えてまいりたい。

要するに、新聞社の用字用語は新聞社のための、あるいは新聞読者のための用字用語なのだ。従って、私たち文芸愛好家が範とすべき点と、範としてはならない点とが併存する。当たり前のことだ。

範とすべき点

- 用字用語の原則が明示されていること。
- その原則が、「常用漢字表」や「送り仮名の付け方」（↑何度も改訂されている）等の諸建議・報告に則っていること。
- その目的が「簡潔・明快な文章」作成にあること。

最新の『読売新聞の用字用語の手引　第４版』（中央公論新社）によれば、手引の意図をズバリこう解説している。

「やさしいことを難しく書くのはやさしいが、難しいことをやさしく書くのは難しい」と。

スバラシイ！　川柳界のしかるべき方々（指導者、編集者、代表的な川柳作家）には、一度この種の辞典を手にとってご覧になるとよいと思う。

範としてはならない点

・新聞は一般文であるが、川柳は一般文ではない。川柳は、文芸であり、創作である。ゆえに、作者の意向が最大限尊重されるべきことは言うまでもない。

・新聞と川柳誌とでは、その読者層が違う。

・寄稿原稿については、執筆者の原稿を尊重しながら、かつ各柳誌にふさわしい用字用語の基準を確立されたら如何か。（この意味で『番傘』誌の英断を評価した。）

・新聞社には用字用語の言い換え集がある。川柳雑誌としてはどうすべきか？　じつは、この点が一番悩ましく、かつ各柳誌の工夫の見せどころだと信ずる。

まずは、各新聞社の手引を実際にご覧いただくこと。

要するに「知る」から始めていただくのがよいと思う。その上で、どんな言葉が言い換えられているか、参考例を挙げておこう。

曖昧↓あいまい、不確実
畦・畔↓あぜ
軋轢↓摩擦、不和、いざこざ、あつれき
貴方、貴男、貴女↓あなた
阿呆↓あほう
雨乞い↓雨ごい
行灯↓あんどん
按摩↓マッサージ

はてさて、読者の皆さんは右の言い換えをどのようにお感じになったであろうか。新聞社のこうした言い換え・書き換えには、理由がないわけではない。
(a)差別語や不快語を排すること。
(b)表外字や表外音訓を避けること。
(c)その他、時代の要請や世の中の動き。

ⓐはさておくとして、ⓑは創作文芸に関わる人間としては納得しがたいものがあろう。ましてⓒになると、知らない間に言い換え・書き換えが進んでしまいかねないではないか。そんな危惧を抱く。

◆各川柳結社・各人なりの用字用語の工夫を——●

「貴男」や「貴女」は、どうしていけないのか。「団扇→うちわ」と書く。「野点→野だて」、「海苔巻き→のり巻き」。「痙攣」は「けいれん」と書かねばならない⁉ こんな用例を見せられると、漢字に一家言を持つ川柳子は怒り心頭！ そんなバカな‼

おっと「バカ」は差別的だから使えない（笑）、……。

要するに、「読みやすく」する、「分かりやすく」したいという、新聞社なりの「善意」なのである。しかし、その「善意」なるものが、言葉の安易な言い換えになったり、ましてや「言葉狩り」に通じるものであってはならぬ。この辺り、心しておく必要がある。

用字用語は「目安」にしか過ぎないのだ。この点は何度も強調しておこう。

繰り返すが、○か×かという判断だけではないのである。幾つもの段階（疑問・適不適・好悪など）がある、ということを改めてご認識いただこう。

分かりやすい例で締めくくりたい。

筆者は「1952年生まれ」だが、縦書きの算用数字には、抵抗がある。筆者より高齢の読者は、さらに戸惑いを覚えるであろう。従って「一九五二年」、あるいは「昭和27年」と、東葛川柳会発行『ぬかる道』誌では表記している。

ちなみに、『ぬかる道』誌における用字用語の原則は以下である。

作者・筆者の意向を尊重して、言い換え・書き換えは基本的に行わない。ただし、エッセイは別。こちらは、「常用漢字表」や「送り仮名の付け方」等の諸建議・報告に出来るだけ則るようにしている。

一つの参考になれば幸いである。

◆ユニークな表記法の好例

ここでは、ユニークな表記法（番外編）として、故加藤鰹句集を取り上げる。

平成二十七年十一月、待望の句集『かつぶし』（加藤鰹著、新葉館出版）が出版された。B6判変形、一〇〇ページ余りのハンディーな句集である。随所に加藤鰹氏の素顔が覗ける「らしい」句集だ。しかも面白い。

さて、その句集『かつぶし』。一目見て、カタカナ表記が多いことに気がつく。

遊びならオッケー本気なら困る

雨ニモ負ケズ風ニモ負ケズ妻ニ負ケ

宝くじ外れ シメサバには当たり

この辺りなら、読者の皆さんはたぶんオッケーだろう。「シメサバ」も許容の範囲に違いない。高校生風に言えば、「普通に上手い！」。

しかしながら、次なる表記はどうか。

トーフ屋のラッパで終わるかくれんぼ

握手してグッバイ　やばい泣けてきた

抵抗を感じる向きも正直言ってあるかと思う。「豆腐屋」ではなく、「トーフ屋」。後者は、「やばい」の俗語がひらがな書きになっている。

あくまで一般論だが、表記は作者の年齢と比例することが多い。年代が高くなるにつれて、作品中（文章も同様）の漢字使用頻度が高くなる。

御免下さい。

ご免ください。

ごめんなさい。

ゴメンナサイ。

ゴメン。


といった順に、年齢が下がってくる。

年配の方の作品には、概してカタカナ（語）が少ない。アルファベットになると、ほとんどお目にかからなくなる。あくまで一般論である。

かく言う筆者、鰹さんの表記にはだいたい頷ける。

というより、筆者の作品自体が川柳界ではカタカナが多いと言われ続けてきたからだ。アルファベット表記や半角アケなどの冒険も試みてきた経緯がある。それ故に、その許容範囲は一般の川柳家よりも広いものと自負している。

その筆者にして、次なる表記には驚かされた。

湯豆腐にハヒフヘホッとする二人

この表記はスバラシイ!! 鰹流の遊び心いっぱいで、ユーモラスな作品に仕上がった。

セクハラと騒ぐどーでもいい女

沢ガニも君もそーっと掴まえる

こちらの二句には参った。ひらがな書きに音引き（長音符）が用いられているのだ。さすがに筆者にはマネが出来ない。作者の鰹さんとは、ちょうど一回り干支が違っていた。その年齢差であろうか。

さらにさらに、

にこやかにイマニミテロとおじぎする

となると、正直ちょっと引いてしまう。

一般的な表記は「今に見てろ」である。その全フレーズをカタカナ書きにしている。モチロンその効果を狙ってのことだ。それにしても、「今ニ見テロ」や「今ニミテロ」までなら、まだ許せる。「イマニミテロ」になると行き過ぎの感が否めないが、皆さんはどのようにお感じになったであろうか？

第二章

文法的視点から川柳力を底上げする方法

小技を活かす

◆説明句を脱する方法

初心者の作品には説明句が多い。「説明句とは何ぞや？」という説明は、かなり面倒（笑）。したがって、具体的な作品を挙げながら説明することにする。

①モノを主語化する

老眼に押し間違える券売機　（K・S）

券売機を押し間違えた。その理由は「老眼だから」という、典型的な説明句になってしまった。

この句は、例えばこう直す。

老眼が押し間違える券売機

助詞一字を変えただけで、説明句という汚名を返上出来るのではなかろうか。

つまり、私は「老眼のために」（↑ココが説明！）券売機を押し間違えた、というのが原句。

それを、「老眼が」と、「老眼」そのものを主語とした、一種擬人化した作品に変身させたのである。

川柳を始めて間もないうちは、右のような言い回しに違和感を持つかも知れぬ。「老眼」という普通名詞で「老眼の人」を表すことに、奇妙な感じを抱かれるかも知れない。しかしながら、私たちはごく日常的に普通名詞を固有名詞化している。

特徴ある眼鏡をかけた人間を「メガネ」と言ったり、頭脳明晰な同級生を「博士」などと呼んだりするのはその一例だ。

いやいや、もっとふさわしい例があった。夏目漱石の『坊っちゃん』。あの小説に登場する人物は、「赤シャツ」「山嵐」「うらなり」「野だいこ」など、みんな身体的な特徴を固有名詞化しているではないか。

川柳は短い詩ゆえに、こういった技法は身につけておくと便利である。使い勝手が大変よろしい。

自転車は商店街を知りつくし　（成島静枝）

ベテラン作家は、こんな風にモノを主語化して句を詠んでいる。この場合、「自転車は」の「は」が、スバラシイ！

この句を、もし

自転車で商店街を知りつくし

としてしまったら、台無しである。

「自転車で主婦たる私は日ごろ走り回っているから、……」と、まさしく説明句に堕してしまう。

クール便ならとパジャマで出るハンコ　（成島静枝）

配達が謝ってゆく灯油高　（成島静枝）

これらの句も、ぜひ参考にして欲しい。

②迷惑の受身

モノを主語化すると、次のような表現が可能になる。

眠いのに前立腺が揺り起こす　（上田正義）

中高年男性は思い当たるフシがあろう。何度も何度も夜中に「揺り起こ」してくれちゃう、わが前立腺よ。

右作品は、このままでも充分に通用する。

ところが、筆者宛投稿用紙に「添削希望」のチェックが入っていた。筆者主宰の川柳誌への投句だったのだが、直せるなら直して欲しい、という意思表示がなされていたのである。

それならば、この一句。もう一段階のレベルアップが図れないか？　そう考えた筆者は、「迷惑の受身」を用いることにした。迷惑の受身とは、日本語特有の受身表現のことだ。

英語の授業で教わった、能動態と受動態。主語と目的語を入れ替え、「be動詞＋過去分詞＋by」にすれば同じ意味になる、とそのムカシ教わったはずだ。

もしかしたら英語だと同じ意味になるのかも知れないが、日本語の場合は違う。同じ意味ではない（場合が少なからずある）。証明しよう。

眠いのに前立腺に起こされる　（添削作品）

受動態に直したことで、オシッコに起きる現実に、「いやいや起こされた」という心情がプラスされている。これを「迷惑の受身」という。その典型例になった。日本語力を発揮した佳句に仕上がった、と自負するものである。

もう一言。

迷惑の受身とは反対に、「有難く、嬉しい気持ちを表す受身」も日本語には同時に存在する。「褒められた」「信用されている」「讃えられた」等がそれだ。（この項、金谷武洋著『日本語に主語はいらない』講談社選書参考）

日本語に通じていくと、鑑賞力・作句力・添削力がこのようにアップする。その例証になるかも知れない。

③「取り合わせ」的手法

説明句を脱する方法の一つは、別な何かを持ってくること。一句の中に、本筋とは違う、何か別な物を採り入れること、である。

野球に喩えてみる。新人が直球で勝負する、それもよいだろう。キャッチャーミットめがけて、うなりをあげるような速いボールを投げ込んでいく。見ているだけでそれは気持ちいい。

しかしながら、どんなに速いボールであっても、素直な、素直すぎる球筋は見破られやすい。どうしても一本調子になってしまうのだ。そこで変化球が必要になる。一句の中に、変化球を混ぜる。すると、変化球はもちろん、自身の持つ速球がこれまで以上に活きてくるのだ。

「別な何かを持ってくる」とは、そんな手法とも言えるだろう。

こうした手法を「取り合わせ」と呼ぶ。取り合わせは、作句に慣れてくるとたいして難しくはない。ベテランの作家などは、「取り合わせ」をしているという意識すら持たずに、句の中に自然に別物を採り込んでしまう。

猿田寒坊氏の句集『起き上がり小法師　喜寿回想』（新葉館出版）に、取り合わせ的手法を見ることができる。

進退は心得ている古希の風　**（猿田寒坊）**

この場合、「風」が「別な何か」に当たる。「古希の風」の「風」が効いている。一種の比喩にもなっているが、以下、取り合わせ的手法に絞って解説を進めたい。

句の発想をたどっていけば、次のようになる。

「私も古希になった。そろそろ引退を考えねば……」。そう思ったので、一句。

古希になりそろそろ隠居考える

ナルホド素直な作品ではあるが、もちろん下手な例である。面白みもない。句の仕立て方もよろしくない。当人が思いついたとおりに、思いついた順序に五七五とまとめただけだ。「発想の時系列」のまんま。

④近すぎる単語は避ける

変化球はフォークボールでなくとも構わない。スライダーやカットボールでも可。球速を変えたり、球筋に変化を持たせるだけでも、充分勝負になる。面白い川柳に仕上がるのだ。

どの指も権利ばかりを主張する　（猿田寒坊）

「どの指も」の「指」がベテランの味だ。お分かりいただけるであろうか。「どの指も」でなく、「どの人も」だったら、平凡すぎて句集には載せられない。

ほかにも気のついた作品を列挙する。

推敲がまだ出来そうな喜寿の旅　（猿田寒坊）
ドリブルで近付いてくる悪企み　（猿田寒坊）

この場合の「推敲」と「ドリブル」。この意外性。こうした変化球。そこにこそご注目いただきたい。

あるシンポジウムで、作品の仕立て方が話題になったときのこと。川柳研究社幹事の渡辺梢氏が、「予定調和は避けたい」旨の発言をされていた。さすがである。「予定調和」とは、あまりにも近すぎる概念の単語が集まってしまうこと。調和はしている。つまり、句のまとまりは良いのだが、ありきたりの作品、つまらない作品のことを指す。要するに、面白みに欠けるのだ。

いずれにしろ、取り合わせや取り合わせ的手法を使えるようになりたいものだ。予定調和から脱するために。一句の中にちょっと変化球を混ぜるだけで、作品が見違えるように良くなる、と書いたらいささかオーバーであろうか。

◆日本語ならではの微妙なニュアンス――•

日本語は、微妙なニュアンスを伝えるのに長けている。それゆえに、微妙なニュアンスを読みとるのが日本人の得意技でもある。

漢文と比較しよう。

「登山」は「山に登る」と訓読する。普通はこれでよい。ちなみに、訓読とは日本語流に読むこと。日本語の文法に則って読むこと、である。

「登山」は、時として「山ニ登ラン」と読んだりもする。「山ニ登レバ」と、仮定条件にした方が適切な場合もあろう。ややこしい。前後の文脈から判断して、そのように訓読を変化させるのである。

ただし、いずれの場合も漢文（古代中国語）としては、「登山」のままだ。文の構造と文字（数）に変化はない。

その昔漢文の授業の際に、「文脈から判断して、受身や使役に読む場合がある」と習った記憶はおありだろうか？　難関大学級の受験問題などでは、そんな用例が出題されたりする。

考えてみてほしい。受身・使役の動詞や助字がないのに、前後の文脈から考えてそう読むのである。文字としては、受身や使役用法のカケラもない。にもかかわらず、そのように訓読をさせるのだ。厄介なことこの上ない。

このあたりは私見も含むが、漢文の構造（おそらく現代中国語もそう）は、微妙なニュアンスを伝える言語ではないと思われる。それ故に、細やかなニュアンスを伝える単語（助字等）が日本語と比べると少ないように思えてならない。

◆副詞の効果

比べて、日本語は豊かである。とりわけ、豊富な助詞や助動詞、ある種の副詞の存在などは、細やかなニュアンスを伝える役割を充分に担っている。

次は、副詞に焦点を当てたい。

もちろん中国語にも副詞は存在する。数的比較は浅学にして不明だが、日本語の副詞、例えば「呼応の副詞」と呼ばれる種類については次項に詳述するつもり。その前に副詞全体の概説をしておく。

副詞とは何か。

副詞は、自立語で活用がなく、主語にも述語にもならず、主として用言（動詞・形容詞・形容動詞）を修飾する単語である。

その副詞には、次の三種類が存在する。

状態の副詞	「たびたび、そっと、すぐ」など
程度の副詞	「とても、もっと、めっきり」など
呼応の副詞	後にくる言い方と呼応して、話し手の気持ちを表す。「おそらく、もし、きっと」など。

包装紙やっぱり期待してしまう　**（鈴木順子）**

「やっぱり」という副詞。「やはり」の促音便だが、口語ではこちらの方が馴染みやすい。

この句の場合、この「やっぱり」で決まった！

「先日、こちらから気持ちばかりの御礼をお贈りした。今回はそのお返し。従ってたぶん高価なのではないと想像するのだが、ハテこの包装紙！　もしかして、……」といったドラマを感じさせる。そんな効果が、この副詞には存分にある。

おそらく作者の鈴木順子氏は無意識に使ったのだろうが、感情にふくらみを持たせることの副詞の効果は抜群である。

他にも効果的な副詞の使い方、その例。

取り敢えず男を立てる舞台裏　（鈴木順子）
仕事なくちと恥ずかしい給料日　（東條勉）
ゆうるりと崩し崩して老いてゆく　（中山由利子）
しばらくはバス遠慮する危機管理　（関根庄五郎）

反対に、下手な副詞の例も挙げておく。

「ふと」「また」「ちょっと」。この三つが安易な副詞の代表例だ。なぜ、安易に使われるのか？　それはこれらの副詞が便利だから、なのである。

音数が足りない場合、これらの副詞が使われる。二音なら「ふと」、三音なら「ちょっと」という具合に。筆者などは、そんな安易な使用例に接するたび、あっ、「また」使っている（！）などと残念に思ったりするのである。ご用心を。

◆呼応の副詞を逆手に取る

次に取り上げたいのは、呼応（陳述）の副詞である。この副詞は、後にくる言葉と呼応して、話し手の気持ちを表す。「呼応」と称される所以だ。

どのような言葉と呼応するかは、もちろん副詞によって異なる。例を挙げて説明していこう。

「たぶん……だろう（推量）」
「まさか……ないだろう（打消推量）」
「もし……たら（仮定）」
「どうして……か（疑問）」
「どうか……ください（願望）」
「めったに……ない（打消）」

ところが次の作品。

飛行機の事故はめったにあるのです　（作者不明）

典型的な呼応の副詞のこの使い方には驚いた。「めったに……ない（打消）」という呼応関係が想定される副詞を用いながら、真逆の「……ある」という動詞を持ってきている。

呼応の副詞の呼応とは、分かりやすく言えば相手（ペア）が決まっているということ。にもかかわらず、決まっているペアを持ってこない。決まったペアとは全く違う相手（単語）と、作者はくっつけてしまったのだ。

「予定調和」は避けるべしという主張を、前に紹介した。掲出句は言うならば、「予定不調和」の作品だ。しかも、その「不調和」たるや甚だしい。

こうした使い方はルール違反である。正しい使用法とは言えない。呼応の副詞の使い方としては明らかに間違っている。

しかしながら、面白い。意外性のある一句となった。その意外性をもたらしたのは、何と言っても呼応の副詞の「まさか」の働きにあったのだ。

誤解されるといけないので、句意を説明しておく。

〈めったには起こらない飛行機の事故。その事故が不幸にも起こってしまった。犠牲者のご家族の心中を思うと心が痛む。そのめったにない事故が、ある時期に立て続けに起こった。いったいどういうことか。〉

今から二〇年ほど前の時事吟である。

右作品は、「よみうり時事川柳」大阪版選者であった故柏原幻四郎氏が何度か取り上げていたのでよく覚えている。今回筆者は、文法（品詞の使い方）という観点からこの作品に光を当てさせていただいた。

―単行本化するにあたっての補足―

何度か幻四郎氏の著書を引っ繰り返して探したのだが、掲出句の作者不明がずっと気になっていた。何人かの柳友に問い合わせた。手紙も書いた。しかしながら、作者を知る人はいなかった。

そんな折、大阪の上野楽生さんからお手紙をいただいた。平成二十八年十一月のこと。資料も同封してあった。

この作品は、『川柳瓦版』平成九年五月号（通巻四五七号）の「げんじゅあんノート」に掲載されていた。筆者の記憶に間違いはなかった。表記も一字一句違っていなかった。しかし、原典たる『川柳瓦版』にもやはり作者名は記されていなかった。

どうしてか？　ここからは上野楽生さんは「私見」と断った上で、以下の見解を手紙に書かれている。

〈柏原幻四郎氏は、当時大阪本社版よみうり時事川柳欄の選者であった。「げんじゅあんノート」の掲載句は、前後の記述から考えて、同欄への投句と考えるのが妥当であろう。

なぜ作者名を記さなかったかと想像するに、それは没句だったから。幻四郎氏は佳句と信じ入選句にしたかったのだが、新聞社が社会的批判や影響を考えて弾いたのではないか。その辺りが真相だと思う。〉

ざっと、右のような見解だった。

以上は、あくまで上野楽生氏の想像であり私見である。しかしながら、なるほどと思った。有難うございました。

まさかとも思いやっぱりとも思い　（野谷竹路）

今度は、こちらの副詞の使い方をご賞味いただこう。前作品とは違って、この副詞は正当な使用例である。まっとうな使い方をして、呼応の副詞を存分に活かしている。

「まさか」は、「……ないだろう」とペアを組む。「やっぱり」は、多くは「……だ（った）」を伴う。

呼応の副詞の例句を上げてみる。

たとえもんぺでも青春はありました　（岩井三窓）

友もみなもしやと思う歳になり　（岩井三窓）

師も弟子もやがて裏切る日をおもう　（岩井三窓）

走ってもおそらく遅刻するのだが　（岩井三窓）

◆続・説明句を脱する方法

説明句とは何ぞや？　要するに面白みのない作品の一つなのだが、その説明（？）となると案外難しい。新家完司氏の名著『川柳の理論と実践』（新葉館出版）でも、その説明に苦労をされているようだ。引用させて貰おう。「説明句は解説句とも言われ、物事を説明しているだけの句です」。

これを文法的な視点から切り込んだらどうなるか？　説明句の説明にチャレンジしてみよう！

説明句は「物事を説明しているだけ」だから、多くは次のような展開になる。

主語Ⓐ　述語Ⓑ　述語Ⓒ

お父さん　電車に乗って　会社行く

つまり、「Ⓐさんが、Ⓑをしてから、Ⓒをした」。文章上はこんな組み立てになっていることが多い。

あるいは、

ⓐ（場所）　ⓑ（動作）　ⓒ（結果）
旅先で　眼鏡忘れて　困っちゃう

こちらも、「ⓐ（場所、名詞）で、ⓑ（動作、用言）をしたので、ⓒ（結果、用言）になり」という順序だ。

二句は、いずれも事実を説明（報告）をしているだけである。しかも、順序正しく説明をしてくれている。

川柳の講座等では、右の文法的解説をした上で、こんな補足をすることにしている。要するに、

「〇〇（人物）は、△△をして、こうなった」

「（〇〇は）□□で、△△をして、こうなった」

という、文章構造になっていること。この点にお気づきでしょうか？　と。

説明句は、まさしく文章の構造！　文章＝散文の構造、そのままに叙述されていることが多いのだ。文法的解説を施してみて、初めてこのことを皆さんに気づいて貰えるのである。

◆「には（庭）」を崩して「の（野）」にせよ――●

俳諧の世界では、『には（庭）』を崩して『の（野）』にせよ」と言われる。助詞の「に」や「は」を避けて（崩して）、同じ助詞の「の」にしたらよい句になる、という教えである。筆者も何度か聞いた教訓だ。なかなか奥深い教訓なのだが、どなたが仰ったのかは分かっていないようだ。

俳句で言えば、初句（上五）が「〇〇は」で出発するとどうしても説明的になる。「□□に」も同様である。

川柳の場合も、「〇〇は」で始まるとやはり説明調になる。俳句の「□□に」は、川柳では口語の「□□で」に当たる。「□□で」とは「場所（どこどこ）」を示すことが多い。初句で場所が示されると、その後の展開はその説明になってしまうのだ。

その「□□に」（「□□で」）「〇〇は」を、それぞれ崩して「□□の」（「〇〇の」）にしたらよい、というのが俳諧の教えだ。俳聖芭蕉以来の教えと筆者などは高校生の頃から思い込んでいたのだが、どうやら出典不明の箴言らしい。ただし、言っていることはその通りである。覚えていただくに越したことはない。

階段ですぐ上に居る網タイツ　（T・M子）
階段のすぐ上にいる網タイツ　（推敲作品）

◆主題は後ろに持ってくる

説明句を脱するもう一つの方法を紹介しよう。

前述句のパターン。

お父さん　電車に乗って　会社行く
主語Ⓐ　述語Ⓑ　述語Ⓒ

「Ⓐさんが、Ⓑをしてから、Ⓒをした」なる文章構造を、どうしたら脱することが出来るか？

あくまで一つの方法だが、右の散文構造の展開を変える方法がある。

一番手っ取り早いのが、Ⓐを後ろに持ってくること。Ⓐは主題である。主題は叙述の焦点だ。焦点は、名詞で表されることが多い。「○○は」という名詞句から出発して、用言で終わると散文になってしまう。その叙述を逆に展開すれば、説明調を避けることが出来るに違いない。

そう言えば、推敲法の一つとして、「上五」と「下五」を「ひっくり返せ」という手法を先輩諸氏から何度も教わった。川柳研究社元代表の故渡邊蓮夫先生からも伺ったことがある。

あの推敲法。いまにして思えば、名詞句を下五に持っていけ、ということであったのか！　少なくとも文法的に振り返るならば、そういう結論になる。本欄で、先人の教えのなぞ解きをした気分になれた。

ひとり旅少年のカオ取り戻す　（O・A男）
少年のカオ取り戻すひとり旅　（推敲作品）

◈添削者と原作者、それぞれの言い分——●

添削の過程を分かりやすくたどってみることにしよう。

①まずは作品を読んで、作者の意図を正しく推測する。
②その推測に基づいて、原句の発想を添削者が構築し直す。
③再構築した発想を吟味しながら、より優れた作品に仕立て直すべく、添削者が表現を工夫する。

右のような作業段階が考えられる。ナルホド骨が折れるというものだ。最低三段階のステップのなかで、添削者はよかれと思って朱を入れる。その上で推敲作品を原作者に提示するのだが、これがなかなか受け入れて貰えない。曰く、「原句の意図を読み間違えている」。曰く、「言いたいテーマは、先生に削られたこっちの方にあった」、などなど。そもそも、添削されること自体お気に召さない方もおられるようで、それなら添削など頼まなければよろしい、と思ってしまう。ご自身の実力で勝負をされたし。そうも言いたくなる。

一方、添削をされる側にも言い分はあるようだ。典型的なのは、何の説明もなく添削作品だけを提示される場合。原作のどこがいけなかったのか？　添削後はどこがどう良くなったのか？　そうした説明が聞きたいのに、説明して貰えない……。そんな不満も聞こえてくる。添削者のなかには、原作の意図を汲み取ろうとしないで「わが道を行く」先生も少数ながらおられるらしい。

原作者の意図と、添削の労を執る側の苦労と言い分。いずれにしろ、両者をつなぎ合わせ噛み合わせるものは、やはり言葉である。言葉によるやりとりしかない。そう考えると、広い意味での川柳文法力が、原作者と添削者の双方に求められる。そう考えざるを得ない。

◆やっぱり大切な「助詞力」

添削をしていて感じることは、日本語の助詞や助動詞の力である。川柳のように人情の機微を言い表そうとする文芸の場合は、なおさら助詞や助動詞、なかでも助詞の力と役割に着目する必要がある。

そう、「女子力」ならぬ「助詞力」の大切さを、改めてここで強調したいのだ。

以下、「助詞力」を中心とした筆者の添削の過程を公開してみよう。

リフォームは限界ですよ三面鏡　（S・K男）

この場合の「リフォーム」は比喩。この比喩を活かすため、「は」を避けて「の」にしてみた。

リフォームの限界ですよ三面鏡　**（推敲作品1）**

まだまだ難がある。上五・中七から下五へ至る、この続き方にはブツ切り感が否めない。「と」を補って「…限界ですよと」とすると、中八になってしまう。中八は避けたいので、「よ」の方を割愛してみた。

リフォームの限界ですと三面鏡　**（推敲作品2）**

ぎくしゃく感がまだ残っている。作品中に動詞がないからだ。（「です」は英語ではbe動詞に分類されるが、日本語では断定を意味する助動詞だ。）

そこで動詞を補う。

リフォームの限界ですと言う鏡　**（推敲作品3）**

動詞を補うと、今度は字が足りなくなる。「三面鏡」は「鏡」で充分だろう。

以下、添削作品。「へ」の奥深さを、それこそ実践的にご鑑賞いただきたい。

しゅうとめの背中にそっと鬼は外　**（K・C子）**

しゅうとめの背中へそっと鬼は外　（推敲作品）

子が育ち夫の脛に感謝状　（K・C子）

子が育ち夫の脛へ感謝状　（推敲）

花冷えにキスひとつしてイイですか　（K・M子）

花冷えへキスひとつしてイイですか　（推敲）

現代川柳の理解へ二つの課題

現代社会は単純ではない。

この間、個人の暮らしから国際社会に至るまで大きな変化・変貌を遂げ、日進月歩する環境のなかで人々は生活してきた。個々人の生き方や価値観が多様化し、虚実ない交ぜの膨大な情報の海のなかで人は溺れそうになっている。

かかる状況下でも人間は己を見失うまいと、自身の見方や感情を手探りしながらけなげに生きている。そんな姿が何ともいじらしい。

かつては、資本家か労働者かといった二元思考が持てはやされた。「存在が意識を決定する」といったテーゼに取り憑かれたこともあった。しかし、パターン化した思考で現代社会は割りきれない。○か×かの「善悪二元論」では、変化する人間や人間社会に対応できないのだ。

まして、その実相を見抜くことなどできるはずがない。鋳型に嵌めたり、レッテル貼り

に終始することは、思考を堕落させこそすれ、現代に生きる人間の真相に迫れないことは明らかであろう。

その一方で、面白いのが人間である。どんなに時代が遷ろうと、どんなに人間が変化しようとも、何とかして「不易なるもの」を追い求めようとしている。

おまけに、川柳人は人間が大好きである。人間大好きで、限りなくお人好しの川柳人たちは、得てして新聞の見出しやレッテル貼りに躍らされてしまう。本来、川柳人がそうであっては困るのだが、……。

ここはぜひ「二元論的思考」から抜け出して、現代社会や人間の本質にリアルに迫ってほしい。そんな願いを抱きながらこの一文を書いている。時代と人間を見透す眼力が、いまこそ求められている。

◈現代川柳、二つの表情

単純でない現代を詠む、多彩で個性的な人間を詠もうとするとき、現代川柳はその表情を少しずつ変えてきているようにも感じられる。

変えてきたその表情とは何か。

一つは「**句跨がり**」であり、もう一つは「**二物衝撃**」である。句跨がりはリズムの面から、二物衝撃は内容の面からの指摘と思っていただこう。

現代川柳は、右二つの表情を多く見せるようになってきた。これらは、むろん以前から川柳が有している表情の一つでもあったのだが、近年は広範囲に見られるようになってきた。たぶん、統計を取ったらそのような結果が出てくるに違いない。

その「句跨がり」。この解説をする前に、定型の確認から入りたい。

川柳の基本は、「五·七·五」のリズムである。これが定型だ。五七五のリズムは自然で美しい。万葉以来、日本人は五音と七音との組み合わせに慣れ親しんできた。当然のことながら、我ら川柳人もこのリズムを大切にしている。

句会や勉強会で、「五·七·五」と指を折りながら作句する姿をよく見かける。リズムを大切にしようとする、ほほえましい光景だと思う。

初心者は、定型を守るべし！　定型を守るということの大切さを、まずは強調しておく。

初心者の破調作品は、概して推敲不足から来ている。もしくは、語彙の不足·日本語力の未熟さによるものが多い。かなり厳しいことを申し上げているが、そのようにご理解いただいて自身の推敲能力と日本語力を高めるようにしてほしい。

定型を図示すれば、次のようになる。

5音	7音	5音

各フレーズは上から順に、「上五《かみご》」、「中七《なかしち》」、「下五《しもご》」と称される。「音」と「拍」については第二章を参照。

文字数（正確に言えば音数、以下同）が余ったり、足りなかったりした場合はどうするのか？ 文字がぴったり収まるように、工夫をするのである。語彙や表現に工夫を凝らし、リズムを整えるようにする。こうした努力が第一に求められよう。

その上で、どうしても文字が余った場合（字足らずの場合はきわめて少ない）は、どうしたらよいか？ 川柳指導者の大半は、上五に持ってくるように指導している。上五の多少（この「多少」に見解の相違があるが、深入りはしない）の字余りは、許容される場合が少なくない。逆に言えば、「中七と下五のリズムは崩さないで守って欲しい」という要求にもつながってくる。

キャンパスで発酵してる流行語　（竹本瓢太郎）
愛犬に規則正しく起こされる　（田中新一）

東西老舗大吟社のリーダー作品を挙げた。五・七・五と、リズムを正確に刻んでいる。正調の五七五には、やはり落ちついた風格が感じられる。

右作品を、各フレーズごとに図示してみよう。

キャンパスで（5音）　**発酵してる**（7音）　**流行語**（5音）　（竹本瓢太郎）

愛犬に（5音）　**規則正しく**（7音）　**起こされる**（5音）　（田中新一）

しかしながら、川柳はこのような**分かち書き**をしていない。しないのが普通である。マスコミ等の引用で、上五・中七・下五と分けて書き表される場合が散見されるが、アレは全くの間違い。各句の間を空けずに書くのが正しい。

したがって、前掲の図示は、

5音		7音		5音

ではなく、

5音 ┆ 7音 ┆ 5音

と、訂正した方がよいかも知れぬ。

各フレーズの間にブランクは必要ないのである。文字は空けずに書いていくこと（一部の革新的な作品等で、わざと一字アケをする場合は別）。そのように理解してほしい。

◈「句跨がり」とは何か？

では、「句跨がり」とは何なのか。

句跨がりとは、「五・七・五」という各フレーズの切れ目を跨がって、詩句が構成されていること。もしくはその作品。

具体的に示そう。

見舞いには日本銀行券がよし（今川乱魚）

教えてるはずが教わることばかり（竹田光柳）

いずれも、指折り数えれば全部で十七字（十七音）構成の作品である。しかしながら、よくよく確かめてみると、意味の切れ目と各フレーズの切れ目が少しズレている。瓢太郎・新一両氏の作品と、この点が微妙に違うことに気づかれたであろうか。

前者は、意味の上では、

見舞いには　日本銀行券が　よし　（今川乱魚）

9音

であり、後者は、

教えてるはずが　教わることばかり　（竹田光柳）

7音　6音

という構成になっている。意味の切れ目を優先するとこうなる。

右作品の、「日本銀行券」という複合語は、中七から下五に跨がる九音の名詞である。まさしく「句跨がり」。そう呼ばれる所以が理解できる。後掲の作品の「教えてるはずが」という連語も、上五と中七のフレーズが八音にわたって跨がっている。

仮に、これを次のように「五・七・五」と切って、音読・披講したらどうなるだろうか?「教えてる　はずが教わる　ことばかり」。句会の参加者に意味が分かって貰えるだろうか? 一回読みの披講で、果たして通じるであろうか? はなはだ疑問である。「教えてる」は、まだよい。「はずが教わる」が、決定的にダメ!! 参加者は「???」となってしまい、せっかくの佳句も耳で味わうことが出来なくなってしまう。

このような句跨がりの作品は、句会や誌上でも増える傾向にある。筆者などはそう感じている。昨今の川柳の特徴の一つになっているのではないか。

そんな変化に注目し、現代川柳の理解につなげていただければ幸いである。

◆「一物仕立て」と「取り合わせ」

現代川柳が多く見せてくれる表情の二つめが、「二物衝撃」である。その「二物衝撃」の解説に入る前に、川柳の二つの仕立て方に触れておく。「一物仕立て」と「取り合わせ」の二つである。

「一物仕立て」は、「いちもつじたて」もしくは「いちぶつじたて」と読む。何を題材とするか、詠むべき対象を明確にして、句を仕立てていく手法が「一物仕立て」である。

例えば、冬の雲を題材にしたとする。その冬の雲の様子がどうであるのか、作者はどのように感じたのか、感じたままに詠んでいく。

①冬の雲そのうち雪になりそうな
②冬の雲気持ちも暗くなってくる
③冬の雲見るべきものは何もなし
④未来ってこんなものかも冬の雲

右はすべて筆者が作った参考作品である。

これらの作品はいずれも対象を見つめ、筆者の感性のままに詠んでいっている。

こういう手法はこれで結構なのである。川柳や俳句における一つの仕立て方だからだ。作者が対象を素直に捉えたように、読者もまた作者の感性をそのまま受け止めて鑑賞することができる。たぶんそうに違いない。

一物仕立ての佳句と名吟を紹介する。

大概の体験談は役立たぬ　（淡路獏眠）
箸を置くときにやがてを考える　（五十嵐修）
三尺の机広大無辺なり　（村田周魚）

ところで、一物仕立ての作品は次なる長所（○）と短所（×）を併せ持つ。

〇対象がハッキリしているので、破綻が少ない。
〇一読明解の句が多く、鑑賞もしやすい。
×その分、面白みには欠ける。
×いきおい、類想句が多くなる。

一物仕立ての作品を作る際には、こうした長所と短所を意識しておくと参考になるだろう。

一方、「取り合わせ」とはなにか。これまた教材用作品を提示しておく。

⑤冬の雲ボール遊びの子はいない
⑥冬の雲期末テストが近くなり
⑦冬の雲金目のものは見当たらず
⑧恋人がやっぱり欲しい冬の雲

これらの作品は、一物仕立ての例句のような詠み方とは少々違っている。「冬の雲」とは別の、もう一つの事物が作品に登場しているからだ。

一句の中に二つの事物を内包させるこうした構図を、「取り合わせ」と呼ぶ。「取り合わせ」の作品には、「**事物A**（冬の雲）」のほかに、「**事物B**（冬の雲以外のもの）」が登場する。

中には、事物Cや事物Dまで登場させている作品もあるが、あまりお勧めはしない。三つ以上の事物を登場させると、焦点がぼやけてしまうからだ。破綻の危険性も高くなる。注意したい。

◆「取り合わせ」句における、切れの有無

前項⑤～⑧の作品をもう一度見てほしい。作品に「切れ」が存在することが、お分かりになるだろうか。切れ字はないが、「切れ」はある。切れの箇所を示す。

⑤冬の雲／ボール遊びの子はいない
⑥冬の雲／期末テストが近くなり
⑦冬の雲／金目のものは見当たらず
⑧恋人がやっぱり欲しい／冬の雲

誤解なきよう付言するが、『取り合わせ』の手法には必ず切れがある」という意味ではない。切れのない取り合わせもたくさん存在する（後掲）。今回は、教材用作品にあえて切れのある作品を提示させていただいた。そう、ご理解いただきたい。

初心者には、切れの意味が分かりづらいかも知れない。しかしながら、少し我慢してお付き合い願おう。切れのある部分、すなわちスラッシュ（／）で示した部分には、ある種の言語空白が存在する。その空白部分の言語を補って鑑賞する必要が出てくるからなのだ。

初心者は⑤～⑧のような作り方が出来ずに、たとえば次のような作品になりがちである。

⑨寒くなりボール遊びの子はいない
⑩冬が来た期末テストも近くなり

⑨のような作り方は、明らかに説明的である。説明そのものの作品に後退させてしまったという他はない。

説明句の基本的構造は、だいたいこうだ。

どこどこで	何々をして	こうなった
5音	7音	5音

初心者や下手な人の句に、こういった仕立て方のナント多いことよ！

ちなみに、

⑨寒くなりボール遊びの子はいない

となると、もはや取り合わせ作品とは言えなくなる。事物A（冬の雲）が消えて、事物B（冬の雲以外のもの）しか存在しないのだから。加えて、上五「寒くなり」は「事物B（冬の雲以外のもの）」の補足的な要素に変化をしてしまった。

⑩冬が来た期末テストも近くなり

こちらはかろうじて「取り合わせ」と言えないこともないが、かなり苦しい。

もし、上五を「冬が来て」と連用形にしてあったら、⑨と変わらない説明句の構造になってしまう。

取り合わせの佳句として、切れのない作品を紹介しておく。

アイロンで伸ばす心と服の皺　（倉間しおり）
マドンナも花火も遠くから眺め　（江畑哲男）
覆水も男女も盆に返らない　（鈴木如仙）
わたしより美しすぎるお月さま　（赤松ますみ）

◆ポイントは事物AとBとの距離感

これらの「取り合わせ」の作品。
その中の事物Aと事物Bを、最初に確認しておく。

アイロンで伸ばす心と服の皺　（倉間しおり）
事物A＝「心の皺」、事物B＝「服の皺」。
マドンナも花火も遠くから眺め　（江畑哲男）
事物A＝「マドンナ」、事物B＝「花火」。
覆水も男女も盆に返らない　（鈴木如仙）
事物A＝「覆水」である。一方、事物B＝「男女」だと少々辻褄が合わなくなる。

「男女の仲」とお考えいただいた方が適切であろう。

わたしより美しすぎるお月さま　（赤松ますみ）

事物A＝「（美しい）わたし」、事物B＝「（もっと美しい）お月さま」。この取り合わせは見事である。

ここで注目したいのは、事物Aと事物Bの距離感だ。二つの事物の距離が近ければ近いほど分かりやすくなる反面、近すぎるとつまらない作品になってしまう。また、事物Aと事物Bを並列的に置いただけでは、「取り合わせ」の効果は薄まってしまう。

具体的に述べる。

倉間しおり作品で言うならば、「服の皺」と「心の皺」を並べた点が面白いのだ。これをもし、「シャツの皺」と「ハンカチの皺」とを並べたとしたら、ちっとも面白くない。

江畑哲男作品で言えば、「マドンナ」と「花火」の取り合わせ。鈴木如仙作品には、男女の機微に強い作者の発想力が遺憾なく発揮されている。

さて、赤松ますみ作品。

事物A＝「わたし」、事物B＝「お月さま」。

この二つの取り合わせに、「美しい」という形容詞を介在させた。そこに作者のお手柄があるし、ユニークさがある。
つまり、「わたし」という女性が「美しい」のは、自明のこと（↑図々しく…失礼…も、そう言わんばかり！）。その美しい「わたし」よりも、今宵の「お月さま」はナント美しいのだろう。すばらしいのだろう、と展開したのである。「美しすぎる」「お月さま」（＝事物Ｂ）を、美しい「わたし」（＝事物Ａ）と並べて比較したのであった。この発想がじつにユニークであり、見事なのである。筆者はこの点を何度も褒め称えたい。

事物Ｂが「お月さま」ではなく、仮に美しい誰か（例えば芸能人の名前）であったら、この作品はありふれた作品になってしまった。「あっ、そうですか」という反応で終わる、ごく平凡な作品になってしまったであろう。

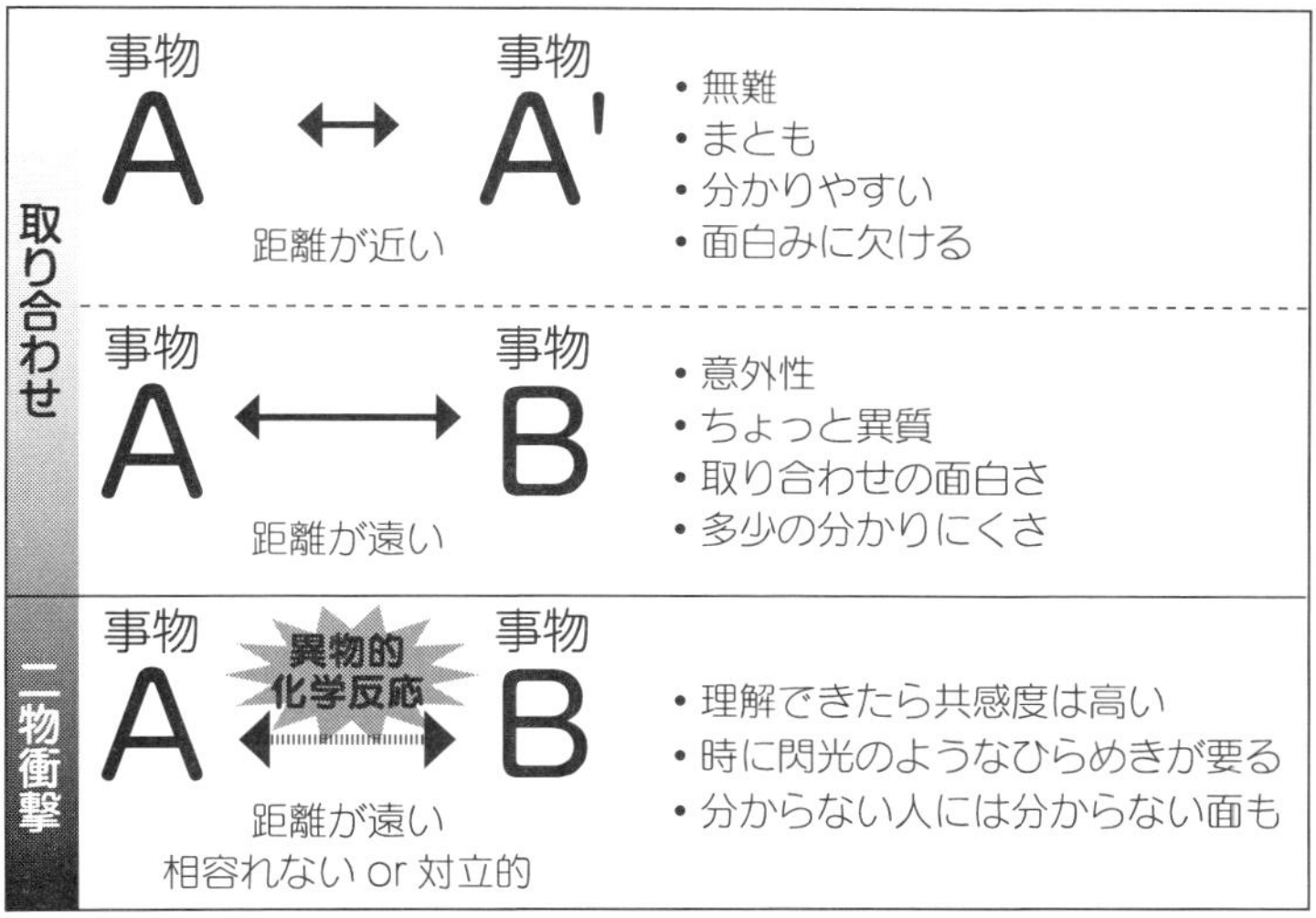

取り合わせと二物衝撃

ポイントは、二つの事物の距離感なのである。事物Aと事物Bが近すぎてはいけない。分からないほど遠くなっても困るが、読者に理解して貰えばよいというレベルの話ではない。

時として、異質な取り合わせ（「心の皺」と「服の皺」、「マドンナ」と「花火」）であったり、意外で位相の違う見つけ（「覆水」と「男女の仲」）であったりするところが面白いのだ。「わたし」と「お月さま」などは意外性たっぷりで、しかも異次元の比較になっている。そのような「取り合わせ」をしてみせた作者の非凡さを、改めて感じた次第である。

◆「二句一章」から「二物衝撃」へ

「取り合わせ」の場合、「二句一章」の形式になっていることが少なくない。「二句一章」とは何か。『川柳総合大事典』（尾藤三柳監修、雄山閣）は、次のように定義している。

〈十七音一章の中に一カ所の空間を置き、その空間を距てて、一章が二句に区切られるかたちで、空間の位置によって上五で切れる場合（5□7・5）と中七で切れる場合（5・7□5）の二種に分かれる。取合せの典型的形式。〉

同事典では、別に「二段切れ」の項目を設けて、こうも書いている。
〈三句態の五―七―五一章の間に切れが一つある形で、二句一章を形成するか、五―七―五の中間で切れる句渡りとなる場合を変格二段切れという。〉

同書では、「二段切れ」と「二句一章」を別に考えているようだ。

「二段切れ」も、事典の言う「二句一章」も、要するに切れる場所の違いなのだから、両方とも「二句一章」と扱ったらよいのではないか。その方が分かりやすいし、自然であろう。ここでは、「二段切れ」（「中間切れ」という言い方の方がさらに分かりやすい）も「二句一章」も同じ「二句一章」と考えて、以下解説を続ける。

その「二句一章」の作品をご紹介しよう。

父さんは古いお前はまだ若い　（中村柳児）

誤解して結婚理解して離婚　（北原晴夫）

右作品にはモチロン切れがある。
切れの箇所を示せば、

父さんは古い／お前はまだ若い

誤解して結婚／理解して離婚

となる。

いずれも「中間切れ」の「二句一章」になっている。

この「中間切れ」の「二句一章」を、まずは理解してほしい。これが分からないと、「二物衝撃」までたどり着けない。

「二句一章」（「中間切れ」も含めて）の間にある「一カ所の空間」、ここから次の「二物衝撃」へと本論は続いていく。

◆取り合わせ≠二物衝撃

いよいよ「二物衝撃」に入る。

「二物衝撃」を、『川柳総合大事典』（尾藤三柳監修、雄山閣）はこう定義する。

〈取合せと基本的には同じだが、古川柳において、新しい事物関係の発見に働くのは機智であり、穿ちの目であった。この古川柳の機智や穿ちのような意味体験に属する知的、観念的な論理が、価値体験に属する情的、気分的な直覚による象徴的手法として現代化されたのが、二物衝撃、モンタージュなどと呼ばれる方法で、表現形式としては二句一章のかたちをとる。〉

この尾藤三柳先生の定義を元に、本稿では分かりやすく解説していきたい。ただし筆者は、

「取り合わせ」＝「二物衝撃」と考えてはいない。
「取り合わせ」≒「二物衝撃」とも思っていない。

「二物衝撃」という手法は、もう少し限定的に捉えた方がよいのではないか。そう考えている。

というのは、「取り合わせ」にはさまざまな要素が含まれているからだ。単純な取り合わせもあれば、不可思議な取り合わせもある。意外な取り合わせや次元の違う取り合わせなど、さまざまなパターンが存在する。

従って、「取り合わせ」をすべて「二物衝撃」と単純化するのではなく、二つの事物がぶつかり合うほどの「取り合わせ」、まさしく「衝撃」にふさわしい「取り合わせ」だけを、「二物衝撃」と呼ぶようにしてはどうだろうか。その方が日本語的にもスッキリする。

具体論に入ろう。

大江文学読むぞ枕も用意して　（船本庸子）
ゴミ拾いました神様見てますか　（浅野幹男）

右二句も「中間切れ」になっている。「取り合わせ」の事物Aと事物Bは、改めて説明す

るまでもなかろう。

大江文学読むぞ／枕も用意して　（船本庸子）

三柳説によれば、こちらの「取合せ」も「二物衝撃」ということになるのだろうが、「衝撃」と呼ぶほどの「取り合わせ」だとは筆者には思えない。

しかしながら、この句は面白い。ちなみに、この句は第三回のとうかつ乱魚ユーモア賞の準大賞を受賞した（平成七年）。ちょうど大江健三郎がノーベル文学賞受賞に沸いた時期の、同賞応募作品であった。

大江文学読むぞ□枕も用意して　（船本庸子）

今度は□で示した。この□の部分には、言語的空白が存在する。その空白を理解できないと、この句の良さが分からない。

どういうことか？

大江文学は純文学であり、その硬い文体とテーマからしてきっと途中で投げ出したくなるに違いない。眠くなるであろう事態を作者は予め見越して、□以降の後半の叙述につなげたのだ。

広い意味の「二物衝撃」と呼べないこともないが、ここはもっとスッキリ、分かりやすい言い方を採用すべきだと考える。つまり、中間切れの後に「屈折」がある、程度の説明で如何なものか。

「屈折」はときに「皮肉」になったり、「反語表現」であったりする。対象を「複眼的視野」で捉えたり、「パラドックス」(逆説)を伴ったりするのだが、いずれにしろそういった「変化球」がキャッチできないのはちょっと情けない。

「屈折」や「パラドックス」は、リズムの上では「句跨がり」になることが少なくない。内容面では「二句一章」形式を取ることが多くなっている。それ故に、この二つ、現代川柳に増えてきた二つの表情(と、本書で書いてきたこと)を理解することの意義を、改めて強調したいのである。

亡くなった加茂如水東京番傘川柳社会長が、選者に向かってよくこう言っていた。「川柳、柳を採ってくれよな」と。如水氏の要請の背景には、「屈折」的表現を理解できない一部選者への苛立ちがあった。筆者はそう理解している。

ゴミ拾いました／神様見てますか　(浅野幹男)

こちらも、とうかつ乱魚ユーモア賞の大賞作品(平成十三年)である。

ゴミ拾いました□神様見てますか　(浅野幹男)

こちらにも、□の部分に言語的空白がたしかに存在する。お分かりであろうか。その言語的空白を、ゴミを拾ったご本人に成り代わって気持ちを代弁してみよう。

「『善行というのは、見返りを求めて行うものではありません』、それはモチロン分かっていますけどその一方で、やっぱり誰かに褒められたい、認められたいという気持ちも正直あるんですよね。人間ですから。

さっきボクはゴミを拾いました。その一瞬、振り返っちゃいました。誰かボクの善行を見てましたか？　神様見てくれましたか？って。」

そんな人間の建前と本音を、二句一章構成で吐露したユーモア作品だった。この句には、穿ちがある。屈折がある。内容的には「二物衝撃」的な味わいを含んでいる。

「二物衝撃」の典型的な作品を紹介して、締めくくりたい。自作で申し訳ないが、他に適当な例が見つからなかった。お許し願う。

胡瓜かく曲がるべからず内申書　（江畑哲男）

平成八年の筆者作である。

切れを示せば次のようになる。『川柳総合大事典』の定義に従えば、「中七で切れる二句一章」だ。

胡瓜かく曲がるべからず／内申書

事物A＝胡瓜で、事物B＝内申書という図式は、すぐにお分かりいただけるだろう。

筆者は、事物Aの胡瓜とは何の関係もない内申書を事物Bに据えている。この点が最大のポイントである。事物Aと事物Bとの距離感はどうか？　普通に考えればつながらない。相当の距離感があると言ってよい。

「二物衝撃」なる手法はじつはコレでよいのだ。距離感のある二つの事物の間を、電流が火花を飛ばす如くに一種の「化学反応」を起こさせる。「二物衝撃」とはまさしくそのような現象を指すと考えてほしい。そしてこの場合、その空間を埋める言語こそ、「曲がるべからず」という文語であったのだ。この文語の妙味も味わっていただけたら幸いである。

あとがき

折しも、「川柳ブーム」である。

川柳。

こんなに親しみやすくて、しかも奥が深い文芸は、そうそうあるものではない。

多くの人々に川柳は愛されている。自分では創らないが川柳が好きだとおっしゃる潜在的なファンも含めると、川柳人口は相当の数にのぼる。もしかしたら、俳句をしのぐかも知れない。

しかしながら、その川柳と真摯に向き合い、川柳のすばらしさを外に向けて説く川柳人は少ない。川柳の魅力を外部発信できる川柳人は、きわめて限られている。

世の「川柳ブーム」。その内実は、サラリーマン川柳・介護川柳・女子会川柳・シルバー川柳等々の隆盛である。これらが大いに持てはやされている。結構なこと。これらの川柳も私たちのお仲間に違いないのだから。

あえてネーミングをするならば「文芸川柳」を、私たちは指向している。その「文芸川柳」と右の川柳とは、大分違った様相を呈しているのはご承知のことだろう。

サラ川や介護川柳等の、とりわけその発想力・発見力・意外性は目を瞠るばかりである。世の中に、こんなユニークな見方や発見があったかと驚くばかりだ。本音と反骨・自虐も含めて、そのネタは新鮮である。鮮度抜群の作品にもお目にかかった。

一方、これらの川柳に見られる日本語力はいただけぬ。あまりにも安易に、そして粗末に、日本語を扱ってはいないか？　練りに練った日本語によって、織りなされた川柳ではもちろんない。さらに、雅号とは言えぬ、一過性のハンドルネームも一考を要する。

私たちの川柳界は、右のような川柳ファンを取り込めないでいる。

取り込むどころか、川柳界の外側におられる、こうした多くのファンへのアプローチがほとんどなされていない。文化発信・外部発信の努力が決定的に不足している。そうした現状に、小生は一種のイラダチを覚えている。そのイラダチが、こうした啓蒙書の執筆に小生を向かわせている。

「文芸川柳」を指向する私たちは、川柳の会（吟社と呼ぶ）を作り、川柳界にたしかな一角を形成している。川柳界は内向きで、その内向き性ゆえに高齢化し、硬直化している。その結果、「（吟社の）川柳が面白くない」という不思議な「逆転現象」すら起こっている。川柳がブームで、潜在人口も含めると、川柳に関心を持つ方々が大勢おられるのに、こうした層を取り込めないのだ。つくづく残念であり、もったいない話である。

なぜ川柳界は文化発信が下手なのか？　理由は幾つか考えられる。

一つには、「川柳普及のカリキュラム」が存在しないこと。二つ目は、川柳の会で教材とすべきテキストがあまりにも少ないこと。

「川柳文法力」というタイトルで、『川柳マガジン』誌に連載を始めた当初は、読者に戸惑いもあったと聞く。なかには、文法アレルギー的な反応もあったようだ。ある意味で本著は、川柳界のタブーに挑戦!!したことになるのかも知れない。

本著は、発展途上の川柳人に読んで欲しい。勉強会等で、広く活用していただけたらと願う。連載時から、そんな思いでペンを執り続けた。

本著の刊行にあたっては、文法という四角い理論を丸くするために、読みやすく・分かりやすいレイアウトを心がけていただいた。新葉館出版の竹田麻衣子さんには、大変なご苦労をおかけした。心からの感謝と御礼を申し上げます。有難うございました。

平成二九年新春

江畑　哲男

●著者略歴

江 畑 哲 男（えばた・てつお）

昭和27年（1952） 12月6日生まれ。
東京都足立区で育つ。
昭和50年（1975） 3月、早稲田大学教育学部
国語国文科卒。
昭和50年（1975） 4月、千葉県の県立高校教諭
（国語）となる。
昭和54年（1979） この頃から川柳を趣味とするようになる。
昭和62年（1987） 10月、東葛川柳会を今川乱魚師らと興す。
平成6年（1994） 高校開放講座「川柳教室」を開講（県立柏陵高校にて）。
以後、地元を中心に川柳講座の講師を務めるようになる。
平成14年（2002） 4月、東葛川柳会二代目の代表に就任。
平成25年（2013） 3月、千葉県立東葛飾高校を最後に、定年退職。
（勤続38年）。
平成25年（2013） 4月〜再任用教諭として、千葉県立東葛飾地域の
高校に勤務。

〈現在〉 東葛川柳会代表、（一社）全日本川柳協会理事、番傘川柳本社関東東北総局長、早稲田大学オープンカレッジ講師、獨協大学オープンカレッジ講師、千葉県川柳作家連盟副会長、早稲田大学国語教育学会会員、川柳学会監事ほか。

〈主な著書〉 川柳句文集『ぐりんてぃー』（教育出版社、2000年刊）、『ユニークとうかつ類題別秀句集』（編著、新葉館出版、2007年）、『川柳作家全集 江畑哲男』（新葉館出版、2010年）、『アイらぶ日本語』（学事出版、2011年）、『ユーモア党宣言！』（監修、新葉館出版、2012年）、『我思う故に言あり—江畑哲男の川柳美学』（新葉館出版、2014年）、『近くて近い台湾と日本』（編著、新葉館出版、2014年）。

〈現住所〉 〒270-1108 千葉県我孫子市布佐平和台5-11-3

よい句をつくるための
川柳文法力
○
2017年 2 月 1 日　初　版
2018年 6 月 9 日　第二刷
著　者
江 畑 哲 男
発行人
松 岡 恭 子
発行所
新葉館出版
大阪市東成区玉津1丁目9-16 4F　〒537-0023
TEL06-4259-3777㈹　FAX06-4259-3888
http://shinyokan.jp/
印刷所
第 一 印 刷 企 画
○
定価はカバーに表示してあります。

ISBN978-4-86044-629-1